회귀자 사용설명서

WISHBOOKS FANTASY STORY

회귀자 사용설명서 16

흙수저 판타지 장편소설

초판 1쇄 찍은 날 | 2019년 5월 24일
초판 1쇄 펴낸 날 | 2019년 5월 31일

지은이 | 흙수저
펴낸이 | 예경원

기획 | 위시북스
편집책임 | 이규재
편집 | 위시북스

펴낸곳 | 예원북스
등록번호 | 제396-2012-000132호
등록일자 | 2012. 7. 25
KFN | 제1-416호

주소 | 경기도 고양시 일산동구 호수로 646-24 위너스21II빌딩 206A호 (우)10401
전화 | 031-819-9431 팩스 | 031-817-9432
E-mail | yewonbooks@naver.com

ISBN 979-11-6424-299-3 04810
979-11-6098-877-2 (set)

※ 이 도서의 국립중앙도서관 출판시도서목록(CIP)은 서지정보유통지원시스템 홈페이지(http://seoji.go.kr)와 국가자료공동목록시스템(http://www.nl.go.kr/kolisnet)에서 이용하실 수 있습니다.

16
회귀자 사용설명서
흙수저 판타지 장편소설
WISHBOOKS FANTASY STORY
Wish Books

회귀자 사용설명서

CONTENTS

98장
김현아

'저 돼지 새끼는 도움이 되는 거야. 마는 거야.'

결정적인 순간에 도움이 되기도 하지만 전혀 의외의 상황에 분탕질을 쳐놓기도 한다.

모처럼 김현성의 입에서 회귀했다는 말을 막 들을 수 있었던 타이밍. 녀석으로서도 굉장히 고심을 많이 했을 것이다. 미묘한 분위기에 본인도 모르게 충동적으로 보물 상자를 풀어보려고 했음이 분명했다.

이 짧은 틈은 김현성에게 다시 정상적인 사고를 할 시간을 줄 것이었다. 정신없이 몰아치던 와중에 방해꾼이 튀어나온 것이다.

물론 기차가 완전히 떠났다고 말할 타이밍은 아니다.

'아직 가능해.'

곧바로 김현성을 바라보며 입을 열었다.

"현성 씨, 하려고 한 이야기가……."

"……."

"……."

"아니, 아무것도 아닙니다."

'제길.'

"나중에 말씀드리는 게 좋을 것 같습니다. 다른 분들도 기다리고 있는 것 같고 현재 풀어야 할 문제도 있으니까요."

'이럴 줄 알았어. 씨발, 이럴 줄 알았다고.'

기왕이면 한 번 더 조르고 싶다. 하지만 너무 티가 나게 묻는 것은 안 하느니만 못하다. 아쉽기는 하지만…….

'이 정도로 만족하는 게 맞나?'

사실 진실을 밝힐 고민을 한 번쯤 해봤다는 것만 해도 이쪽에는 큰 성과였다. 누구에게도 말하기 힘든 비밀을 밝힌다는 시도를 했다는 것만으로도 내가 얼마나 신뢰받고 있는지 알 것 같다. 첫 번째 시도가 있었으니 두 번째, 세 번째 시도는 조금 더 쉽게 나타날 것이다.

아직까지 입가에는 찹찹함이 감돌고 있기는 했지만 일단은 기차를 떠나보낼 수밖에 없었다.

"네. 그럼 다음에……."

"……."

살짝 고개를 끄덕이는 모습이 눈에 들어왔다. 김현성이 문을 열자 이쪽을 바라보는 길드원들이 고개를 돌리는 것을 보인다. 물론 가장 눈에 띄는 사람은 커다랗게 소리를 질렀던 박덕구. 왠지 모르게 기뻐 보이는 표정이 눈에 띄었지만 딱밤이라도 한 대 때려주고 싶은 표정이었다.

재빠르게 이쪽으로 달라 붙어온 정하얀이나 선희영과 조혜진도 입가에 미소가 피어나고 있었는데 아무래도 나와 김현성이 방에서 대화를 나눈 사이에 기분 좋은 소식이라도 들은 것 같은 분위기였다.

"무슨 일입니까? 덕구 씨."

"나보다는 엘리오스 님한테 듣는 게 더 빠를 거요. 큼큼. 거 좋은 소식이요."

박덕구의 말이 있었음에도 불구하고 김현성은 꽤나 긴장한 듯한 얼굴. 뒤쪽에서 다른 엘프들과 이야기를 나누던 엘리오스가 입을 열어온 것은 바로 그때였다.

"몇 가지 말씀드려야 할 사항이 있는 것 같습니다. 일단 이전까지의 무례에 대해서는 거듭 사과드리고 싶습니다."

'사과를 도대체 몇 번을 하는 거야.'

아무래도 정말로 미안했던 모양이다. 본래 성격이 유하다고 소문난 엘프들이었으니 그럴 만도 했지만 이쯤 되면 이쪽도 조금은 지겹다.

아무튼 간에 녀석은 제법 진지한 표정으로 입을 열기 시작했다. 모두의 시선이 집중되었다는 것은 설명할 필요도 없으리라. 지금부터 녀석이 하는 대답 여하에 따라 우리 파티가 가야 할 길이 결정되는 것이나 다름없으니까.

"방금 전 아버님께 칙서를 전달받았습니다."

"……."

"결론부터 말씀드리자면……."

"……."

"아버님께서는 파란 길드의 제안을 긍정적으로 받아들이기로 결심하셨습니다."

'아우……'

"에베리아가 할 수 있는 모든 걸 동원해 파란 길드 여러분들을 지원하라는 내용이었습니다만…… 몇 가지 조항에 동의를 해주셔야 할 것 같습니다."

'바로 그거지.'

"상관없습니다. 지금 바로 말씀해 주셔도 됩니다."

"아…… 네. 일단 저를 비롯한 엘프들이 함께 움직여야 될 것 같습니다. 아무래도 여러분들끼리 움직이게 하기에는…… 죄송합니다."

"괜찮습니다. 오히려 감사드리고 싶은 심정입니다."

"이해해 주셔서 감사합니다."

"불안하신 게 당연하니까요."

"그럼…… 또 한 가지는 이번 일을 밖으로 발설하지 않겠다는 조항입니다. 물론 아무 효과도 없는 문서입니다만 최소한 한 번씩은 확인을 해주셨으면 좋을 것 같습니다. 형식적으로라도 안심하고 싶다는 게 위원회의 입장이라…… 부디 이해해 주셨으면 좋겠습니다."

"물론 동의할 수 있습니다."

"그리고 마지막은……."

"……."

"교국의 무녀에게 전해 들은 내용을 말씀해 주셨으면 합니다. 카스가노 님이 본 광경이 무엇인지에 대해서 말입니다. 불편하실 수도 있으시겠지만 부디 부탁드립니다."

'우리 현성이 거짓말 잘 못 하는데…….'

고개를 틀어 김현성을 바라보자 확실히 곰곰이 고민하고 있는 녀석의 얼굴이 시야에 비쳤다. 카스가노 유노에게 미래를 전해 들었기 때문에 이번 정황을 알고 있다는 건 이쪽이 대충 끼워 맞춘 거짓말이다. 아마 그녀와는 대화조차 나누지 않았을 가능성이 크다.

이쪽이 나서는 게 좋지 않을까 생각한 순간이었다. 김현성이 조그만 목소리로 입을 열어온 것은.

"에베리아의 멸망입니다."

"네?"

본능적으로 알 수 있었다. 이 자식은 지금 거짓말을 하는 게 아니다.

'1회 차인 건가.'

아마 그렇게 생각해도 상관없을 것 같았다. 얼굴 속에 담긴 진심을 느낀 것은 엘리오스 역시 마찬가지. 곧바로 반문해 오는 모습이 눈에 보인다.

"그게 정말입니까?"

"저는 들은 대로 말씀을 드리는 것뿐입니다. 정확한 시기는 저 역시 듣지 못했지만 에베리아 왕국이 커다란 전화에 휩싸인다고 들었습니다. 상상할 수 없는 커다란 전쟁이 일어나고 인류와 이종족들을 비롯한 모든 이들이 이곳을 최후의 거점으로 삼고 투쟁하게 될 겁니다. 하지만 종국에는 버티지 못하고 무너질 거라는 이야기를 전해 들었습니다."

언뜻 들으면 종말론을 외치는 사이비 교주가 저주의 말을 퍼붓고 있는 것 같았지만 꽤나 진지한 표정은 녀석의 어처구니없는 발언에 설득력을 실어주고 있었다.

"조금 더 자세히 설명해 주실 수 있습니까?"

"원인이나 다른 것에 대해서는 듣지 못했습니다. 제가 들은 것은 딱 여기까지입니다."

"그렇다면 세계수는……."

"썩지 않을 겁니다. 저희가 이곳에 왔으니까요. 미래는 변할 수도 있습니다, 엘리오스 님. 그녀가 눈으로 보는 게 정확한 미래는 아닙니다. 아주 작은 행동으로도 분명히 변화할 수 있습니다. 지금처럼 말입니다."

'이건 성장했다고 봐도 되는 건가?'

1회 차의 정보에 많이 의지하며 움직였던 과거와는 조금 다른 행보다. 본인이 직접 나서서 미래를 바꿀 수 있다고 확신하고 있는 모습. 만족스럽게 고개를 끄덕일 수밖에 없는 상황이었다. 김현성의 성장은 항상 이쪽에 도움을 주고 있으니까.

물론 개인의 성장도 성장이지만 녀석이 잠깐 동안 푼 정보 역시 흥미가 돋는다.

'최후의 저항? 연합?'

지금처럼 공화국과 교국의 전쟁이 아니다. 아마 가면 쓰레기 진청 혹은 아직 모습을 드러내지 않은 적에 대한 이야기일 수도 있으리라.

'만약에 그렇게 되면…… 세계수가 썩은 건 그전에 해결됐었다고 봐도 되는 건가.'

물론 추측이다. 하지만 세계수가 유지되는 결계가 무너진 에베리아 왕국이 최후의 저항의 장소가 되었다는 사실은 어떻게 생각해 봐도 믿기 힘들다.

물론 이곳의 방비가 약하다고 할 수는 없지만 높은 성벽으로 이루어진 캐슬락이나 교국 같은 느낌이라고는 볼 수 없다.

만약 세계수가 완전히 무너졌는데도 불구하고 이곳을 최후의 장소로 선택했다면 1회 차의 지휘관들은 머리에 든 것도 없는 똥 덩어리라 한 바가지 욕을 쏘아 보내도 모자라다.

'현성이가 해결 방법에 대해서 알고 있는 것도 그렇고…….'

정황상 녀석이 직접 관여했는지는 알 수 없지만 김현성이 말하는 최후의 저항 이전에 세계수는 치료되었다고 생각하는 게 맞다. 적어도 들은 적은 있는 것이다.

간단하게 정리해 보면 세계수가 치료된 이후에 이곳에서 싸움이 있었고 결국 인류는 대패. 이후에 다른 전투가 있었는지는 모르겠지만 김현성이 회귀한 시점 역시 멀지 않을 것이다.

흥미롭게 생각해 볼 만한 일이 많기는 하지만 계속해서 이 문제에 대해서 생각할 시간은 없는 상황. 분위기가 흘러가는 게 심상치 않게 느껴진 탓이다.

'제기랄…….'

"그렇군요…… 무슨 말씀을 하시는지 잘 알아들었습니다. 이 문제에 대해서는 천천히 상의를 해보는 게 좋을 것 같습니다."

"아뇨. 움직이면서 말씀을 드리는 게 좋을 것 같습니다."

"네? 그 말씀은……."

"지금 곧바로 움직이겠습니다. 엘리오스 님 곧바로 엘프 쪽의 원정대를 준비해 주셨으면 합니다."

"그건 상관없습니다만…… 먼 길을 오느라 무리하셨을 텐데 조금이라도……."

"조금도 지체할 시간이 없습니다. 부족한 설명과 브리핑은 움직이는 중에 드릴 수 있도록 하겠습니다."

'좀 쉬어도 돼.'

"물론 이후에는 충분한 휴식 시간을 드릴 수 있도록 하겠습니다. 전 길드원은 지금 곧바로 떠날 준비를 해주세요."

"현성 씨. 아무리 그래도…… 지금 모두가 많이 지쳐 있……."

"아니요. 괜찮아요."

"저희도 괜찮습니다. 아직까지는 체력의 여유가 있습니다."

"뭐 기모 형씨고 그렇고 나도 그렇고 체력에는 여유가 있으니까. 아영 후배나 다른 사람들도 다 충분하지 않나? 오히려 형님이 조금 필요한 것 같은데 조금 자는 게 낫지 않겠소? 거, 조금 불편할 것 같으면 내가 업고 움직일 수도 있소. 아니면 수면 마법으로 재워서 데려가는 것도 괜찮고. 형님은 한숨 자고 깨어나면 모든 일이 해결되어 있을 거요. 아! 그러고 보니 형님도 꼭 같이 가야 되는 거요?"

이건 또 생각하지 못했던 문제. 자연스럽게 고개를 돌리니 고개를 끄덕이는 김현성의 얼굴이 시야에 비쳤다.

"네. 힘드시겠지만 기영 씨도 함께 움직이는 게 좋을 것 같습니다. 모두 시간은 딱 30분 드리겠습니다."

"거, 짐도 안 풀어놓기를 잘 했구만. 이렇게 빨리 움직일 수 있을 거라고 생각 못 했는데. 다 현성이 형씨 덕분이요."

"준비됐습니다."

"저도 준비됐어요."

"나도."

사실 준비고 나발이고 할 것도 없었다. 박덕구의 말 그대로 짐도 제대로 풀지 않은 채였으니까.

김현성이 급하게 움직이고 있다는 건 항상 생각했었지만 이렇게까지 하이패스로 일이 진행될 줄은 생각하지 못했다. 생각할 시간이 필요해 살짝 입을 열어봤지만 그마저도 헛된 저항.

"보급은?"

"걱정하지 않으셔도 됩니다. 에베리아 측에서 모든 지원을 아끼지 않을 거라고 아버님께서 말씀하셨으니까요. 아마 오라버님께서 모두 준비하시고 계실 겁니다."

"엘레나 님도 함께 가시는 겁니까?"

"네. 미약하지만 힘을 보탤 생각입니다. 혹시나 제가 없는 사이에 명예추기경님께 문제라도 생긴다면 큰일이니까요. 저밖에 치료할 사람이 없으니…… 어쩔 수 없을 것 같습니다."

"노고에 감사드립니다."

"아뇨. 저희야말로 죄송하고 또 감사합니다. 한데 목적지는 어디로……."

"일단은 요정의 숲부터 조사를 시작해 볼까 합니다."

"요정의 숲 말씀이십니까?"

"네."

"마음의 준비를 단단히 하고 가야 되겠네요."

뭔가 묘한 표정의 엘레나가 눈에 들어와 말을 건네자 곧바로 대답이 들려왔다.

"위험한 곳입니까?"

"위험한 장소는 아닙니다만……."

"네."

"요정들은 장난치는 걸 좋아하니까요."

"그러고 보니 여러분들은 요정에 대해서 잘 모르시겠군요. 하긴, 대륙인들에게도 잊혀진 이야기일 테니……. 물론 크게 걱정할 필요는 없을 겁니다. 요정들의 힘은 특별하기는 하지만 인체에 해가 되지는 않습니다. 굳이 예를 들자면 잠깐 동안 신체의 외형을 바꾸거나 성별을 바꾸는 게 고작이니까요. 그중에서도 조금 짓궂은 장난을 치는 아이들이 있지만 모두 기본적으로 착한 아이들이랍니다."

조금은 흥미로운 이야기였다.

“대륙에서 볼 수 없는 것도 당연할 겁니다. 요정들이 살아가는 데는 환경이 굉장히 중요하니까요.”

“환경 말씀이십니까?”

“네. 저희의 오랜 조상님들이 활동하실 때에는 대륙 곳곳에서 발견되었다는 소식을 들은 적이 있었지만…… 현재는 에베리아 왕국 말고는 찾아볼 수 없을 겁니다. 기본적으로 요정들은 오염되지 않는 숲에서만 살아갈 수 있습니다.”

“뭐, 멸종동물 같은 느낌인 모양이구만……. 1급수 지역에서만 살아갈 수 있다. 이 말이요?”

“예. 그 말이 맞습니다, 박덕구 님. 안 그래도 인간들의 무분별한 개발 때문에 삶의 터전을 잃어버린 이들이 조금 더……. 아, 죄송합니다. 이런 말을 드리려고 했던 것이 아닌데…….”

“아닙니다. 틀린 말이라고는 할 수 없으니.”

“역시!”

“하지만 엘레나 님, 꼭 그렇게 생각할 수도 없습니다. 세계수의 보호를 받고 있는 엘프들과는 달리 인간들에게 주어진 것은 아무것도 없었으니까요. 목책이나 성벽을 만들기 위해 필요한 자원들이 전부 숲에서 나온다는 걸 생각해 보면 인류의 생존과 발전에 희생은 필수 불가결했을 겁니다. 만약 엘프들에게 세계수가 없었다고 가정해 보시면 일이 조금 재미있어질 겁니다."

"아."

"엘프들 역시 목책을 쌓고 성벽을 만들어야 했을 겁니다. 끝없이 열매가 맺히는 일도 없으니 많은 인구를 유지하기 위해 농사를 지을 땅이 필요할 수도 있었겠죠. 식수를 위해 수로도 만들어야 했을 테고 지금까지와는 많은 게 달라졌을 겁니다."

"그, 그렇게 생각할 수도 있겠군요."

"물론 현재에 이르러서는 그게 단순히 생존을 위해서인지 아니면 그들 자신의 욕심을 채우기 위해서인지 경계가 애매해졌지만…… 만일 인간들에게도 세계수 같은 수단이 주어졌다면 지금까지와는 조금 달라졌을 수도 있다고 생각합니다. 저도 이 부분은 굉장히 안타깝게 생각합니다. 환경이 달라지면 많은 게 달라지는 법이죠."

"그렇군요."

"쓸데없는 이야기가 조금 길어진 것 같습니다."

"아닙니다. 명예추기경님. 조금 다른 관점에서 이야기를 해주신 것 같아 편협한 시각을 넓히는 데 도움이 된 것 같습니다."

"그보다 이제 슬슬……."

"네. 지금쯤 요정의 숲으로 들어서고 있을 겁니다."

"벌써 도착한 거요?"

"꼬박 하루를 달려서 왔으니까요. 지금부터는 마차를 타고 들어갈 수 없는 곳이니 내려서 가는 게 좋을 것 같습니다. 정하얀 님, 선희영 님도 준비를 하시는 게 좋을 것 같습니다."

"네."

"……."

살짝 고개를 끄덕이는 정하얀과 선희영의 얼굴이 보였다.

'재네 표정 안 좋네.'

재미있게도 정하얀은 조금 나은 편이다. 끊임없이 엘레나와 대화를 나누는 와중에도 폭발하지 않은 것을 보면 확실히 프러포즈가 효과가 있기는 있는 것 같았다. 물론 그녀가 현재 내 건강을 책임지고 있다고 생각한 것이 결정적이었을지도 모른다.

그에 비해 선희영은 조금은 어두운 표정, 어째서 그녀가 저런 표정을 유지하고 있는지는 알 수 있을 것 같다.

'빼앗겼다고 생각하는 건가.'

사실 이 거짓부렁 쇼가 진행되기 전, 이쪽의 주치의 포지션에 있었던 것은 선희영이었다. 안 그래도 최근 떨어질 일이 많았었는데 자신의 할 일까지 빼앗기게 되니 기분이 좋지 않은 모양이다. 그녀가 나를 봐주는 일련의 과정은 그녀에게는 그나마 이쪽과 조금이라도 연관될 수 있는 끈이나 다름없었으니 저런 표정을 짓는 것도 무리는 아니리라.

물론 아직도 이전과 같은 상태인지는 잘 모른다. 알게 모르게 선희영이 이쪽을 관심을 표시하고 있는 것 같아 의식적으로 살살 밀어내고 있던 도중이었으니까. 어두운 표정을 계속 해서 유지하고 있는 걸 보면 아무래도 이쪽의 계획이 그다지 성공적이지는 않은 것 같았다.

정하얀에 비해 극단적이지 않을 뿐이지. 걔도 조금 이상해졌다는 걸 생각해 보면 행동을 자제해야 될 필요가 있다는 거다. 조금씩이지만 멘탈을 조금씩 이나마 해결해 줘야 할 필요가 있다.

살짝 미소를 지어주자 조금 기분이 풀렸는지 입꼬리를 올리는 중. 무척이나 환한 미소가 눈에 띄었다. 항상 생각해 왔지만 확실히 외모는 이상형에 가깝다. 물론 외모만.

쓸데없는 생각을 하며 마차의 밖으로 발걸음을 옮기자 다른 마차에서 막 내리기 시작한 파티원들을 바라볼 수 있었는데 사실 이런 광경이 익숙하지 않았다.

본래대로였으면 커다란 마차를 다 함께 타고 왔겠지만 아무래도 커다란 마차가 들어서기 힘든 도로의 특성상 조금씩 인원을 나눠 타고 왔기 때문. 물론 그 광경보다 더 시선을 자리 잡은 건 주변의 풍경이다.

"와……."

정하얀이 커다란 탄성을 내질렀고.

"아름답군요. 정말 아름답네요. 이곳은……."

선희영이 다음 말을 이었다. 물론 나 역시 입이 벌어진다. 에베리아에 처음 왔을 때도 같은 반응이기는 했지만 지구에서도 볼 수 없는 색깔의 꽃들이 바다를 이루고 있는 모습은 장관이라 하기에 부족함이 없다.

"이곳에는 몬스터들도 살지 않는 겁니까?"

"네. 이곳 역시 세계수의 보호를 받고 있는 구역 중 하나니까요. 물론 야생동물들이 들어오기는 하지만 기본적으로는 그 아이들도 잘 찾지 않는 장소인 터라……. 아까 말씀드렸듯 요정들은 장난이 조금 심한 편입니다. 아마 면역이 없는 아이들은 깜짝 놀라 피하게 됐을 겁니다."

"가급적이면 조용히 다녀오는 게 좋겠군요."

"네."

이쪽이 잠깐 잡담을 나누는 사이에도 길드원들은 마차에 실린 짐을 풀고 행군할 준비를 마치고 있다.

김현성이 살짝 신호를 보내니 대형이 갖춰주는 것은 순식간, 엘프 측 역시 우리와 다르지 않다. 훈련이 잘되어 있다는 건 실감하고 있었지만 이렇게 보니 또 느낌이 다르다.

심지어 마차 안에서 김현성과 따로 대화를 나눈 모양인지 두 대형이 제법 상호 보완적이다. 완벽하게 어우러졌다는 느낌은 아니지만 잘 버무려진 듯한 모습. 확실히 고개를 끄덕일 만했다.

힐러보다 내 안전을 더 중요시하는 게 그 무엇보다 마음에 든다. 평소와 별로 다른 것 같지는 않았지만 이러나저러나 배려받고 있다는 건 기분 좋다는 거였으니까.

아무튼 그렇게 파티는 천천히 행군하기 시작했다. 물론 선두는 김현성, 이곳에 한 번 와본 적이 있는지는 모르겠지만 이곳저곳으로 사람들을 안내하고 있다. 물론 발걸음은 상당히 조심스러웠는데 위험하기 때문이라기보다는 귀찮은 상황을 피하기 위해서이기 때문이리라.

계속해서 발걸음을 옮기자 지루하고 힘든 것이 사실. 오랜만에 저주받은 체력이 원망스러워졌다. 스테미나 포션을 한 모금 들이켠 이후 살짝 표정을 구기자 곧바로 나를 바라보는 엘레나의 표정이 시야에 비쳤다.

"명예추기경님. 좀 괜찮으십니까?"

"네. 물론입니다."

"힘드시면 꼭 말씀을 해주셔야 합니다. 영혼이 쇠약해지면 신체가 망가지는 것처럼 그 반대의 경우도 가능하니까요. 아니, 이럴 게 아니라 선두에 전하는 게 좋을 것 같습니다."

"아뇨. 괜찮습니다, 엘레나 님. 사실 그렇게 힘들지는 않습니다."

"거절하지 않으셔도 됩니다. 슬슬 날도 어두워지고 모두가 피곤한 기색이 역력하니…… 아무래도 말씀을 드리는 게 좋을 것 같습니다."

"정말로 괜찮습니다. 정말로."

하지만 이미 휴식은 결정된 것이나 다름없다. 정하얀이 살짝 앞을 두드려 의사를 전하기 시작하자 선두에 서 있는 김현성에게 소식이 전해지는 것은 순식간이었다. 그에 엘프들 역시 발걸음을 멈추고 적당한 터를 잡기 위해 모두가 짐을 풀고 있다.

이제 막 날이 어두워진 타이밍. 살짝 눈앞에 빛이 반짝인 것은 바로 그때였다.

"어?"

"오빠, 방금……."

"나도 봤어, 하얀아."

뭔가 반딧불이 같은 느낌이다. 차이점이 있다면 조그맣게 재잘거리는 소리가 들려왔다는 것. 기본적으로 번역 마법이 장착된 이방인들도 알아들을 수 없는 언어였다.

조금 의아했던 것도 잠시. 오늘 하루 종일 떠들었던 것에 대해 떠올리자 지금 눈앞에 있는 게 무엇인지 알 수 있을 것 같았다.

'요정이구나.'

상상했던 것과 비슷하게 생겼다. 손바닥보다 조금 작은 크기에 잠자리 날개에서는 계속해서 자그마한 빛이 뿜어져 나온다.

인간보다는 엘프에 가까운 듯한 외형, 기본적으로 굉장히 귀엽게 생겼다고 생각하는 것이 맞으리라.

이상하게 정하얀 근처로 많이 모여들고 있는 것 같았는데, 이들이 모이는 장소가 순도 깊은 마력이 모인 숲이라는 걸 생각해 보면 이 장면이 이상하게만은 보이지 않았다. 무척이나 순수한 마력이다 보니 절로 요정들을 끌어당긴 것이다.

"다행히 많이 몰려들지는 않았군요."

"아, 이게 많이 몰려들지 않은 겁니까?"

"네, 날이 어둡기도 하고 조용히 움직인 보람이 있는 것 같습니다."

내 기준으로 충분히 많기는 했지만 이들의 기준으로는 아닌 모양이다.

'예쁘네.'

엘프들은 익숙한지 묵묵히 캠프를 차리는 중, 굳이 요정들한테 크게 신경을 쓰지 않는 듯한 느낌이다.

그와 반대로 대부분의 파란 길드원들은 주변을 힐끔힐끔 바라보고 있었다. 지금까지 신기한 걸 많이 봐왔지만 이건 또 처음 보는 광경일 테니 시선을 빼앗길 만하다. 귀여운 걸 안 좋아하는 척하는 김예리 역시 완전히 빠져든 모습.

물론 벌써부터 이들이 주는 고통에 시달리는 이들도 존재했다. 김창렬은 항상 쓰고 다니던 붉은색 복면을 빼앗겼고 박덕구는 크리스마스 트리처럼 되어버렸다.

이상하게도 몇몇 요정들이 한소라에게는 작은 돌멩이를 집어 던지고 있었는데 아파 보이지는 않지만 본인은 제법 충격인 모양. 그녀 역시 여자인 만큼 귀여운 얼굴을 하고 있는 이들에게 미움받는 게 반갑지 않은 것 같았다. 어째서인지는 알 것 같았지만 별일 아닌 척했다.

다른 이들은 두말할 필요 없다. 학자 모드로 돌아간 황정연은 눈이 휘둥그레졌는데 많은 요정이 그녀의 머리카락과 쓰고 있는 안경을 잡아당긴다.

유아영의 모습은 더욱더 가관이었다. 꽤나 많은 수의 요정이 그녀의 옷깃을 잡아당기고 있었던 것. 심지어 커다란 미드의 안쪽으로 들어가려고 시도하는 녀석도 있었으니 시선을 주기에는 꽤나 민망한 장면이었다는 건 말할 필요가 없으리라.

"꺄악!"

"그만하렴. 이, 이제 그만하렴."

물론 엘레나 역시 상황은 다르지 않다. 요정 몇몇이 그녀의 귀를 트렘플린이라도 되는 것처럼 사용하고 있다. 커다란 귀에서 폴짝폴짝 뛰는 놈들의 표정을 보니 여간 행복한 게 아닌 모양이다.

'얘네 정말 귀찮구나.'

때마침 이쪽으로도 몇 마리가 돌진해 오기 시작한다. 딱히 해를 끼치는 것은 아니지만 정말로 귀찮은 느낌.

"다가오지 못하게 할 수는 없는 겁니까?"

"아…… 네. 쫓아낼 수는 있지만 만약 그렇게 한다면 더 많은 친구를 불러올 거예요. 아마 아이들도 곧 잠들 시간이니 저녁 식사를 마치면 조금 잠잠해질 겁니다. 그전까지는 ……."

엘레나가 말을 이어나가고 있을 때였다. 김현성이 이쪽으로 천천히 발걸음을 옮기기 시작했다. 녀석에게도 많은 수의 요정이 달라붙어 있었는데 아마 무언가 전하고 싶은 말이 있었던 모양이다.

뭔가가 이상해진 것을 깨달은 것은 바로 그때. 착각이 아니다. 김현성의 체형이 점점 변하는 것이 보인다.

본인도 이상함을 감지했는지는 모르겠지만 고개를 숙여 아래를 내려다보는 것이 눈에 보였다.

"어?"

얇은 목소리.

"귀찮게 됐군요."

어깨까지 내려온 긴 머리카락. 녀석들의 장난에 첫 번째 제물이 되었다는 걸 깨달을 수 있었다.

"기영 씨. 혹시 불편하신 점은 없으십니까?"

'그건 내가 너한테 칠 대사야.'

나를 바라보고 있는 것은 많이 봐줘야 10대 후반으로 보이는 여성.

"오빠가…… 여동생이 되어버렸어."

김예리가 중얼거리는 목소리가 괜스레 크게 들려왔다. 너무 적절한 표현이라 뭐라 할 말이 없다.

조용히 주변을 응시하자 여전히 끔뻑끔뻑 김현성을 바라보고 있는 이들의 표정이 눈에 들어왔다. 실소가 튀어나온 것은 당연지사. 미리 이야기는 들었지만 현재 눈앞에 일어난 장면이 상당히 비현실적이었기 때문이었다.

높게 잡아도 17세 정도로밖에 보이지 않는 외관. 성별뿐만이 아니라 나이마저 변해버린 것만 같았다. 키와 팔다리가 줄어들었고 허리까지 내려오는 생머리가 눈에 띈다.

윤기가 나는 흑발이라는 것은 이걸 두고 말하는 모양. 마치 기름이라도 발라놓은 것 같았지만 신기하게도 바람에 흔들린 머리카락이 찰랑거린다.

외모는 본래의 김현성을 그대로 여자로 옮겨놓은 듯한 얼굴. 평소에도 잘생겼다고 생각했지만 성별을 바꾸니 엘프에게도 꿀리지 않을 것 같은 모양새다.

본인은 자각 못 하는 것 같지만 경국지색이라는 말이 어울릴 정도의 외모였다. 이건 주관적인 평가가 아니다. 힐끔힐끔 녀석을 바라보고 있는 파란의 파티원, 심지어는 엘프들 역시 신기한 듯 눈을 돌리고 있으니 다른 표현이 필요 없으리라.

더욱더 재미있었던 것은 녀석의 행동, 10대 후반의 소녀가 하기에는 조금 나이 든 것처럼 보이는 행동이 왠지 모르게 부자연스럽다. 예를 들면 턱을 쓰다듬는다든지, 짐짓 심각한 표정으로 인상을 찌푸린다든지 따위의 행동인데, 묘하게 어울리지 않은 느낌이 상당히 귀엽게 느껴졌다.

'이 새끼 이거 너무 귀엽잖아.'

물론 두근거린다는 느낌은 아니다. 애초에 나이도 어릴뿐더러 알맹이가 김현성이라는 사실은 누구보다도 잘 인지하고 있었으니까. 하지만 한 번 정도는 머리를 쓰다듬고 싶었다는 건 부정할 수 없으리라.

뭐라고 할 말이 없는 상황에 괜스레 엘레나를 바라보자 침착하게 입을 여는 모습 역시 시야에 비친다.

"일시적인 겁니다. 크게 걱정할 필요는 없으실 겁니다."

"아, 그렇습니까?"

"네. 기본적으로 요정의 숲이 아니면 마법이 유지되지 않을뿐더러 요정의 숲을 벗어나거나 시간이 조금 지나면 금방 원래대로 돌아올 겁니다. 특이하게도 일반적인 디스펠은 불가능하지만……."

"이유가 뭡니까?"

"아마 마법의 구동 방식이 다르기 때문일 거라고 추측하고 있습니다. 요정들이 쓰는 마법은 애초에 마법인지 아닌지 그 경계도 굉장히 애매하니까요. 저 역시 많은 것을 알고 있는 것은 아닙니다만 한 가지는 단언해 드릴 수 있습니다. 크게 문제 될 일은 없을 겁니다."

"그렇군요. 다행입니다."

엘레나의 말에 안심한 듯 고개를 끄덕이는 김현성의 얼굴이 눈에 들어왔다. 물론 김예리나 조혜진은 대놓고 안도의 한숨을 내쉬고 있는 중. 눈에 띄게 저런 행동을 보이는 것을 보니 어지간히 불안했던 모양이다.

김현성 역시 마찬가지라는 걸 생각해 보면…….

'여기 들어와 본 적이 없다는 거네.'

별일 아닌 척하고 있었지만 속으로는 제법 놀랐을 수도 있다고 생각했다. 이미 들었던 이야기를 재확인한 이후에 작게 미소 짓는 걸 볼 수 있었으니까.

연기인지 아닌지는 모르겠지만 김현성도 요정들의 장난은 처음 겪어본 것이 맞다. 말인즉슨 이번 던전을 본인이 직접 겪어보지는 않았다는 것. 전설 등급 이상이라고 말한 것을 생각해 보면 피크닉을 다녀오는 것 같은 분위기로 원정을 진행시키기에는 무리가 있다는 거다.

'경험해 봤다면 그나마 낫겠지만…….'

하지만 자꾸만 몰려들고 있는 요정들 때문에 분위기가 흐려지는 것이 문제. 재잘거리며 여기저기를 싸돌아다니고 있는 모습과 진지한 분위기는 그다지 잘 어울리지 않았다. 다들 조금

이지만 얼굴이 풀어진 것이 보인다.

김현성이 뭐라 한마디 쏘아붙이려 입을 열려다 뭔가 결심한 듯 입을 꾹 다문 것을 보니 하루 정도는 이런 시간을 가져도 괜찮다고 생각한 것 같았다.

'휴식도 중요하니까.'

다른 이들도 암묵적으로 허락이 있었다는 걸 인지한 모양이다. 먼저 입을 열어온 것은 안기모였다.

"혹시나 했는데 정말이었군요. 정말 신기합니다. 길드마스터도 그렇고. 아, 예리 씨도…… 마법의 영향을 받았군요."

"뭐?"

"성별 말입니다."

"기모 아저씨…… 나는 그대로야."

순간적이지만 얼굴이 굉장히 무서워진 느낌. 뭔가 실수했다는 걸 깨달았는지 안기모 역시 필사적으로 말을 돌리는 모습이 눈에 보였다.

"제, 제가 눈이 삔 모양입니다."

"……."

"우, 우리 쪽에서는 현성 씨 말고는 변한 사람이 없군요. 뭔가 이유라도 있는 겁니까?"

"그냥 요정들 마음 아니요? 여기 와서 별 신기한 광경은 다 봤다고 생각했는데 아직도 먼 것 같다니까. 현성이 형씨가 저렇게 변하는 모습도 보고……. 아무리 잠깐이라지만 거 이름이라도 바꿔야 되는 거 아니요? 김현아라고 하는 게 괜찮을 것 같은데."

"무례입니다."

"거, 혜진이 누님은 너무 딱딱해서 탈이요."

"길드마스터로 충분합니다."

"큼. 그러니까 다 농담이라고 한 거 아니요. 그냥 쓸데없는 소리 한번 지껄여 보고 싶었소. 특별한 경험일 것 같기는 한데 왠지 나는 합류하고 싶지 않다니까."

"그건 모두가. 마찬가지일걸."

"저는 조금 보고 싶을지도……."

이상한 말을 하는 황정연의 말에 담긴 저의가 뭔지는 모르겠지만 보기 싫다는 김예리의 말에는 동의할 수밖에 없었다. 당연히 나 역시 보고 싶지 않은 광경이다. 요정들도 눈이 있다는 걸 실감할 수 있는 순간.

그 와중에도 한소라는 계속해서 요정들에게 공격 아닌 공격을 받는 중이다. 왠지 모르게 재는 조금 짠하다.

그 외 다른 여성 길드원들은 식사를 준비하고 있었는데 간단히 때울 거라고 생각했던 것과는 다르게 조금 본격적이다. 김현아의 직접적인 지시가 있는 것 같았는데 아마 내일은 던전 안에 들어갈 생각인 것 같았다. 그러고 보니.

'아까 뭔가 말하려고 하지 않았었나?'

고개를 돌리자 녀석 역시 이쪽으로 슬금슬금 다가온다. 나보다 조금 컸던 녀석을 내려다보니 조금은 묘한 기분이 들었다. 내 어깨를 툭툭 치는 모습은 왠지 모르게 부자연스럽다.

"그러고 보니 아까 대답을 듣지 못한 것 같았는데…… 불편하신 건 괜찮아지신 겁니까?"

"네. 사실 큰 문제는 없었습니다만, 엘레나 님께서 쉬는 게 좋을 것 같다고 말씀하셔서 말입니다. 피해를 끼치기는 싫었는데……."

"아닙니다. 어차피 거의 다 도착한 참이었으니까요. 안 그래도 하루 정도는 편하게 휴식을 취하는 게 좋을 것 같다고 생각했었습니다. 모두 군말 없이 따라주긴 했지만 후위 분들은 체력적으로 많이 힘들었을 겁니다. 하얀 씨도 희영 씨도. 소라 씨나 정연 씨도요."

"계속해서 마력을 소모했으니……. 현성 씨는 괜찮으십니까?"

"네. 물론입니다. 체력적으로는 문제가……. 아, 혹시 지금 상태에 대해서 말씀하시는 겁니까?"

"네."

"입고 있는 옷이 불편하기는 하지만 별문제 없습니다. 키가 작아진 것만 빼면 말입니다. 전투하는 데도 무리가 없어 보이고 외관만 달라졌을 뿐이지 신체 능력은 그대로인 것 같습니다. 제가 덕구 씨나 아영 씨의 포지션이었다면 제법 불편했겠지만 오히려 몸집이 작아지니 유리한 부분도 있을 것 같습니다. 물론 어느 쪽이 효율이 더 나올지는 금방 답이 나오겠죠."

'그걸 물어본 건 아닌데…….'

"기분 탓인지는 모르겠지만 조금 섬세하고 날렵해진 느낌이라고 해야 할까요? 그렇게 생각하는 게 맞는 것 같습니다. 아, 고맙습니다, 혜진 씨."

제법 빠르게 식사가 준비됐는지 김현성 쪽으로 조혜진이 슬그머니 스튜가 담긴 그릇을 넘겼다. 물론 이쪽에게도 한 그릇 배달되었다.

김현아는 입가에 수저를 가져다 대며 다시 한번 입을 열었다.

"아무튼 간에 조금 차도가 있어 보여서 다행입니다. 발작 시기도 점점 늦춰지고 있으니……. 네. 정말로 다행입니다."

싱긋 웃는 모습은 가관. 심지어 입가에 스튜 국물을 묻힌 채 입을 열고 있다. 잠깐이지만 바뀐 신체가 적응되지 않은 모양이다.

"정말 예쁘지 않습니까?"

"네?"

"이 장소 말입니다."

"아, 동감합니다. 아마 지구에서도 볼 수 없는 광경일 겁니다. 하하."

"네. 물론 그렇겠죠. 지구 어디를 찾아봐도 이런 곳은 없을 겁니다."

"……."

"……."

"기영 씨."

"네."

"조금 뜬금없는 소리지만 사실 저는 이곳에 온 걸 원망한 적도 많았습니다."

"아마……."

"네. 아마 대부분 그렇겠죠. 영문도 모른 채 이곳으로 끌려온 걸 좋아하는 사람은 없을 테니까요. 퀘스트는 뭔지 도대체 나는 왜 여기에 있는 건지 이해하지 못하고 울고불고 소리친 적도 많았습니다."

"의외로군요. 전혀 그렇게 보이지는 않았습니다만……."

"다른 분들 앞에서는 최대한 평정심을 유지하는 게 좋을 거라고 생각했으니까요. 근데 사람이 참 간사하지 뭡니까. 어느새 이 장소도 정이 들었나 봅니다. 꼴 보기 싫었던 성벽이나 린델도 가끔은 보고 싶고 이런 장소가 사라지지 않았으면 하는 생각도 큽니다. 물론 기영 씨나 다른 분들 역시 마찬가지입니다."

"……."

"사실 이렇게 가까워질 줄은 상상도 못 했습니다. 제가 이렇게까지 기영 씨를 신뢰하게 될지도 몰랐고요."

'나도 그래, 인마.'

"웃기는 말이지만 오히려 요즘은 다행이라는 생각도 듭니다."

"다행이요?"

"네. 여러분을 만난 게, 이렇게 인연이 만들어진 게 말입니다. 뜬금없지만 앞으로 시간이 많이 지난 이후에도 이 광경을 함께 봤으면 합니다. 그러니…… 우리 조금만 더 힘내봅시다."

먼저 자리에서 일어나 팔을 뻗는 모습이 눈에 들어온다. 그리고 난 그 손을 자연스레 맞잡았다. 녀석이 날 일으키자 자연스럽게 일어설 수 있었다.

"조금 낯간지러운 이야기를 했군요. 하지만 진심입니다."

"아뇨. 좋은 말씀 잘 들었습니다. 저도 같은 생각입니다."

마침 노을 진 배경이 굉장히 눈에 띈다. 노을마저 녀석을 도와주는 듯하다. 환하게 웃고 있는 모습이 인상적이었다.

조금 멀리 떨어진 곳에 있는 정하얀이 뭔가 무서운 눈을 하고 있다는 것을 발견한 건 바로 그때. 굉장히 오랜만에 입가가 비틀린 모습을 보는 것 같아 무섭다. 아무렇지도 않은 척하는 것 같다만 누가 봐도 기형적인 표정이다.

'재 또 사고 치는 건 아니겠지.'

순간적으로 김현아의 손을 놓아버릴 수밖에 없었다. 슬슬 손을 놓을 타이밍이라 이상하지 않았는지 녀석은 여전히 싱글

벙글 미소 짓고 있다.

'그만 웃어. 이 새끼야.'

멈추지 않는다면 진정한 의미의 괴수 대격돌이 펼쳐질지도 모른다. 괜스레 불안한 마음에 정하얀에게 손짓했고, 그것을 본 정하얀은 순식간에 얼굴을 밝히며 이쪽으로 달려와 안긴다.

"하하. 이거 제가 너무 시간을 많이 뺏은 모양이군요. 그럼 저는 잠깐 다른 엘프들과 함께 주변을 둘러보고 오겠습니다. 오늘 푹 쉬면 내일은 던전 안에 들어갈 수 있을 겁니다. 다시 한번 말씀드리지만 저는 기영 씨를 믿고 있습니다. 어떻게든 잘 버텨주실 거라고요."

"네."

만족스러운 표정으로 까치발을 들어 어깨를 두어 번 두드리는 모습에 왠지 모르게 양심이 찔린다. 두 눈 가득 들어찬 것은 강한 신뢰와 믿음이었기 때문.

던전을 눈앞에 둔 목전이라 이번 일의 마무리가 더욱더 신경 쓰인다.

'이거 진짜로 김현성이 오해라도 하면 큰일이겠는데…….'

혹시나 가면 쓰레기 진청을 이쪽이라고 오해한다면 큰일 날 수도 있을 것 같았다. 정말로 믿었던 사람한테 뒤통수를 맞는 것보다 고통스러운 일은 없으니까.

물론 이쪽은 결백하지만 혹시 이번 치료가 듣지 않거나 상황이 최악으로 치달을 경우를 생각해야 할 것 같았다.

'저 귀쟁이가 문제야.'

김현성의 솔루션대로 녀석의 방법이 먹힌다면 그나마 다행이라고 할 만하다. 뭔가 찜찜하기는 했지만 영혼이 깨끗해진다는 건 기분 좋은 일일 수도 있으니까.

하지만 별로 달라지지 않을 경우가 가장 커다란 문제. 거짓말도 한두 번, 아주 작은 변수로도 상황은 충분히 꼬일 수 있다. 지금까지도 계속해서 해결책을 찾아보고 있었지만 딱히 제대로 된 솔루션이 나오지 않았던 것이 문제다.

처음에는 던전행 자체를 방해하는 쪽으로 생각이 기울기는 했지만 김현성이 최후의 저항 어쩌고를 입에 담았던 시점부터 그 계획은 아웃이다.

무슨 수를 써서라도 던전은 클리어되어야 하는 게 맞다. 그게 미래의 위협에 대응하는 방법이다.

'치료가 필요할 정도로 역겨워 보이는 건가?'

계속해서 고민 아닌 고민에 빠지고 있었던 바로 그때였다.

'하얀이 눈에는 내가 어떻게 비치려나…….'

이상할 정도로 김현아를 노려보고 있는 정하얀. 팔이 아플 정도로 나를 꽉 잡은 그녀를 바라보자 순간적이지만 망치로 머리를 한 대 맞은 것만 같다는 생각이 들기 시작했다.

"왜 이걸 생각 못 했지."

'왜 지금까지 저 엘프를 물들일 생각을 안 해봤을까.'

그 말 그대로였다.

99장
쉬운 엘프, 쉬운 엘레나

'이걸 왜 지금까지 생각 못 했을까.'

조금은 심각한 표정을 유지해야 한다는 건 알고 있었지만 계속해서 입꼬리가 올라가기 시작했다. 아직 문제가 해결된 건 아니었지만 괜찮은 해결 방법을 찾은 것 같았기 때문이다.

김현아와 김예리, 김창렬이 함께 던전에 대한 단서를 얻어 온 이후에도 계속해서 헛웃음이 튀어나오는 상황, 앞쪽에서 무언가 떠들썩한 목소리가 들려오기는 했지만 크게 집중하지는 않았다. 어차피 우리 현성이가 꼭꼭 숨기고 있었던 던전이 발견됐다는 소식이었을 테니까.

이쪽의 예상이 맞았는지 던전에 진입할 준비를 마치고 있는 길드원들과 엘프들이 시야에 비쳤다. 엘레나 역시 흥분한 표정을 보인 것은 당연지사. 나를 한 번 돌아보며 귀를 위아래로 움직이는 모습은 꽤 재미있다.

무척 순진하고 순수해 보이는 그녀를 바라보니 어째서 지금까지 이 방법을 떠올리지 못하고 있었는지 이해가 되지 않을 정도다. 어떤 의미에서는 정하얀과 김현아에게 감사하고 싶어진다.

'정말로 영혼이 깨끗해질 필요는 없지.'

그 말 그대로. 정말로 치료가 될 필요는 없다. 어차피 내 상태를 볼 수 있는 건 그녀뿐이었으니까.

저 에메랄드 귀쟁이 엘프가 나를 불편해하지만 않으면 된다. 만약 김현성의 계획이 실패로 돌아가게 되더라도 그녀가 치료가 끝났다고 믿게 만들면 일이 풀릴 가능성도 있다는 거다.

'만약에 기벽이 바뀐다면…….'

나를 어떻게 생각하게 될지에 대해 궁금하다. 벨리알은 분명히 이쪽을 역겨운 영혼이라고 칭했지만 구토를 하거나 인상을 찌푸리지 않았다.

어쩌면 내가 가진 기벽에 내재된 효과일지도 모른다. 현재의 엘레나 같은 이들에게는 구역질이 날 정도로 역겨운 영혼이겠지만 정하얀에게는 그렇게 비치지 않을 수도 있다. 물론 정하얀에게 엘레나가 가지고 있는 특성 따위는 없지만 만약에 가지고 있다 하더라고 구역질을 하지는 않을 것이다.

엘레나의 기벽이나 성향이 뒤바뀐다면 나를 바라보는 관점 또한 바뀔 가능성이 분명히 존재한다. 조금 어렵겠지만 도전할 가치가 있어 보이는 작업, 마침 엘레나와 함께 있을 시간도 많으니 한 번쯤은 시도해 봄 직하다.

'이런 건 특기가 아닌데…….'

물론 마음이 편치는 않다. 순수한 엘프 하나를 구렁텅이로 끌어들이라는 것은 다시 태어난 빛기영에게는 너무나도 어려운 주문이다. 심지어 이런 쪽은 내 특기라고 볼 수도 없다.

하지만 대의를 위해서라면 어쩔 수 없는 일이라고 생각했다. 최악의 경우에는 이 순진한 엘프가 불의에 사고를 당하는 안타까운 사건까지 고려해 볼 정도였으니 그것보다는 이쪽이 싸게 먹히는 장사다.

물론 당장 계획을 실행시키기에는 여러 가지 애로사항들이 꽂히기는 하지만…….

"오빠 혹시 어디 불, 불편하신가요?"

"아, 아니야. 하얀아. 잠깐 다른 생각 좀 하느라."

"다, 다행이다."

마침 그 애로사항이 말을 걸어오기 시작. 하지만 적절한 타이밍이었다. 이제 막 던전에 진입할 준비를 마친 파티원들이 나를 기다리고 있는 게 보였으니까.

계속해서 그럴듯한 스토리텔링을 준비하며 걷다 보니 이렇게까지 당도해 있다는 걸 생각하지 못했다.

'조금 더 생각할 시간이 필요한데…….'

물론 그런 여유를 즐길 시간은 없다. 한시가 급하다고 생각하고 있는 만큼 곧바로 진입하기로 결정한 것이리라.

출발하기 전부터 이걸 깨달았으면 좋았겠지만 이미 기차는 떠난 뒤, 현재 내가 처한 상황 내에서 일을 잘 처리할 수밖에 없다.

이를테면 이건 나에게만 주어진 시간제한이 부여된 퀘스트. 던전의 진입한 순간부터 던전이 공략되기 전까지 무슨 수를 써서라도 엘레나에게 진정한 의미의 빛이 무엇인지 깨닫게 해줘야 한다.

괜스레 고개를 끄덕이며 발걸음을 옮기자 곧바로 익숙한 목소리가 들려왔다.

[전설 등급 던전 뒤틀린 연못에 입장하셨습니다. 인원 [23 / 34]을 확인했습니다.]

'여전하네.'

숨이 턱 막히는 것 같은 분위기와 압박감. 이제 조금 익숙해질 때도 됐건만 이 묘한 분위기는 적응이 되지 않는다.

뒤틀린 연못의 전체적인 분위기는 마치 공포의 정원 같은 분위기. 사실 식물이 있다는 것 빼고는 별다른 공통점도 없다. 지하를 통해서 들어온 이곳은 전체적으로 습기가 차 있고 축축했고 이리저리 뒤엉켜 있는 뿌리와 식물들이 모두 썩어 있었기 때문이다. 그나마 녹색을 유지하고 있었던 정원과는 차이가 있다.

한동안 아무 목소리도 들리지 않는 상황, 본격적인 출발을 하기 전에 마음에 걸리는 게 있는지 엘리오스가 천천히 입을 열었다.

"혹시나 하는 마음은 있었지만…… 말씀이 사실이었군요."

당연히 대답한 것은 김현성. 에베리아의 레인저들도 찾아낼 수 없었던 단서를 어떻게 이토록 쉽게 찾았는지에 대해 설명할 시간이다. 어차피 '운이 좋았습니다'라고 말하겠지만 뭐 어떤가. 받아넘길 수 있기만 하면 그만이다.

"운이 좋았을 뿐입니다. 요정들의 인도가 있었으니까요. 저 역시 이렇게 일찍 찾을 수 있을 거라고는 생각하지 못했습니다."

"이 지역은 이미 조사를 마친 지역이었는데……."

"던전에 익숙하지 않을 테니 당연할 겁니다."

"하지만…… 정말로 놀랍군요."

"거, 옛날부터 우리 길드마스터가 던전 하나는 기가 막히게 찾아냈다는 거 아니요. 별로 이상하게 생각할 것도 없다니까. 소환된 이후로 찾거나 공략한 던전이 10개도 넘을 거요. 그렇게 자책할 일도 아니고…… 던전 하나 찾아보려고 혈안이 되어 있는 이방인 중에서도 특출 난 경우니까."

"……."

'커버 잘 쳐줬네.'

"덕구 아저씨. 말이 맞아. 예전부터. 현성이 오빠…… 아니, 길드마스터는 이런 곳 찾는 데는 선수."

"그렇군요. 어째서 이곳에 도착한 지 얼마 되지 않은 당신들이 이토록 성장할 수 있었는지 알 것 같습니다."

"뭐, 사실 발견하는 것도 발견하는 거지만 공략하는 게 그것보다 더 중요하지. 형씨…… 아니, 길드마스터와 형님이 없었으면 우리 길드는 이렇게까지 성장할 수 없었을 거요."

"그렇습니까?"

"아암, 그렇고말고. 우리 길드가 던전 공략한 이야기를 풀면 하루 종일 떠들어대도 모자랄 거요. 끄응. 그래도 등급이 전설 등급이니까 조금 불안하기는 한데…… 엘프 여러분들은 던전은 좀 익숙한 거요?"

"사실 익숙하지는 않습니다."

"정말이요?"

"네. 특별한 이유가 아니라면 굳이…… 물론 아예 가 보지 않은 것은 아니지만 여러분들과 비교하기는 힘들 겁니다. 에베리아 왕국에는 던전이 많지 않으니까요."

"또, 그건 모를 일이요. 지금 이곳처럼 여기저기 숨겨져 있을지도 모를 일이니까."

내가 생각해도 방금의 발언은 개소리였다. 누가 봐도 던전에 대해서 잘 알지 못하는 느낌. 조금 믿음직한 모습을 기대했건만 오히려 조금 어색한 모습을 보이는 것은 엘프 측이었다.

'쯧쯧.'

정말로 경험이 많아 보이지는 않는다. 어째서 이만한 무력을 가지고 있는 집단이 왠지 모르게 어색한 포지션을 유지하고 있는지는 모르겠지만 확실히 뭔가 말하기 애매한 어정쩡함이 있다.

'기사단이랑 비슷하다고 생각하면 되는 건가.'

이걸 이렇게 표현해도 될지는 모르겠지만 교국이 보유하고 있는 교국 기사단이 던전 공략에 익숙하지 않은 것과 비슷하다고 생각해도 될 것 같았다.

용병들이나 전문 트레저 헌터들과는 다르게 이런 이들은 던전 자체에 무지하다. 전쟁이나 대인전을 치르는 것과 던전을 공략하는 건 완전히 다른 이야기. 이들은 전자의 스페셜 리스트들이지 후자의 스페셜 리스트라고 볼 수는 없다.

'물론 기본기야 존재하겠지만…….'

갑작스러운 상황에는 대처하지 못할 가능성이 크다는 거다. 숲이 아니니 움직임도 제한되어 있을 테고 뒤틀린 연못이라는 던전 자체의 탁한 기운 자체도 엘프들에게 맞지 않는 모양. 감시 아닌 감시를 위해 따라온 이들이었지만 어쩌면 이들이 방해될 가능성도 생각해 봐야 할 것 같았다.

"익숙하지 않으시다고 하니…… 전체적으로 대형을 재편성하는 게 좋을 것 같군요. 괜찮으시겠습니까?"

"일단 들어보는 게 좋을 것 같습니다."

"기영 씨와 엘레나 님을 중심으로 대열을 만드는 것은 변함이 없습니다만……. 엘리오스 님을 제외한 다른 분들은 후위에 서주시는 게 좋을 것 같습니다. 레인저나 정령사분들, 나머지 전사분들은 허리를 맡아주시고 전위는 저희가 맡도록 하겠습니다."

"음……."

'별로 마음에 든다는 표정은 아니네.'

나 같으면 쌍수를 들고 환영했을 것이다. 하지만 엘프 측에서는 온전히 전위를 맡기는 것 자체가 마음에 들지 않은 모양. 그렇게 생각할 수도 있다.

사실 이 원정은 나보다는 세계수를 치료하기 위해서 만들어진 원정이다. 엘프의 일이고 엘프들에게 주어진 과업이라는 걸 생각해 보면 너무 파란 길드의 위주로 돌아가기 시작한 그림이 불편하게 느껴질 수도 있다.

개인이라면 앉아서 꿀 빨았으니 다행이라고 생각하겠지만

이들은 거대한 왕국에 속해 있는 집단. 여러 가지를 고려해 볼 수밖에 없다는 거다.

'얘네도 생각보다 멍청하지는 않아.'

사실 진영이 어떻게 되든 간에 이쪽은 상관없다.

'던전 공략은 현성이가 알아서 잘해줄 테고…….'

나는 내 할 일만 열심히 하면 된다. 공략에도 신경 쓰기에는 시간도 부족하고 능력도 없다. 당장 눈앞에 터진 일부터 해결하는 게 맞다.

'어떻게 방향성을 잡는가.'

아기 새를 바라보듯 바라보는 김현성과 길드원들의 감시망도 피해야 한다. 무엇보다 엘레나가 정확히 나를 어떻게 생각하고 느끼고 있는지에 대해서도 파악해야 한다. 작업을 치는 건 준비물이 전부 준비된 이후다.

'얘가 진짜 문젠데.'

물론 가장 문제가 되는 것은 다름 아닌 정하얀. 개인 간호사라는 보호막을 두르고 있는 엘레나에게 마법을 날리지는 않겠지만 폭주한다면 무슨 모습을 보여줄지 모른다.

뒤틀린 연못에서 둘만의 뱃놀이를 할 수도 있다는 가능성에 대해서 떠올려본다면 백번 조심해도 모자람이 없다. 지금 당장 싱글벙글 웃으며 반지를 매만지고 있다고 한들, 언제까지 얌전하게 있어줄 보장이 없다는 거다.

가장 이상적인 것은 어떻게든 단둘이 있을 수 있는 상황을 만드는 것. 그 어떤 것보다도 이게 최우선 사항이다. 대화를 하지 않으면 시작도 없다. 아무런 이벤트도 일어나지 않는데 무슨 사건이 일어날 리가 없다 죽이 되든 밥이 되든 이야기를 이어나가야 할 여지가 있어야 한다.

'던전 공략에 걸리는 시간이 얼마나 되지?'

챙겨온 식량을 생각해 보면 최소 10일은 넘게 걸리는 원정. 캠프 역시 10번 이상 만들어진다고 가정해 봐도 시간이 부족하다는 것은 부정할 수 없는 사실. 아무리 생각해도 가슴을 부여잡는 것 말고는 방법이 없다.

마침 걷는 것도 힘든 타이밍. 마차는 없지만, 인력거를 타고 가지 말라는 법은 없다. 남아도는 인력은 충분하니까.

"콜록…… 엘레나 님 숨을 쉬기가……."

"네?"

"콜록, 콜록……."

시동을 걸자 자연스럽게 시선이 집중되는 기분, 냅다 드러누워 버리자 다시 한번 장내가 떠들썩해졌다.

마치 장난감을 사달라고 소리를 지르는 초등학생 같은 모양새. 이런 쇼는 최대한 자제해야겠다고 일전에도 다짐했지만 원래 인간의 다짐이라는 건 쉽게 깨지는 법. 마지막이라는 심정으로 본격적으로 게거품을 물기 시작하니 발등에 불똥이라도 떨어진 듯 급해지는 이들의 얼굴이 보였다.

'이건 내 잘못이 아니야.'

원래 뒤틀린 장소의 뒤틀린 공기는 순수한 영혼을 좀먹을 수밖에 없다. 외부와의 차단이 절실해지는 순간. 물론, 미녀 엘프 간병인이 함께여야 한다는 것 정도는 모두가 알고 있을 것이다.

'걷기 싫다. 이 새끼들아!'

'이거 너무 편한 거 아닌가.'

계획대로긴 하지만 너무도 안락하여 죄책감이 느껴질 정도였다. 스리슬쩍 밖을 바라보니 여전히 고군분투하는 길드원과 엘프들이 시야에 비쳤다. 갑작스레 나타난 몬스터로 인해 난항을 겪고 있는 것이다.

'이건 까다로울 만하네.'

확실히 까다로울 만하다. 김현성의 말처럼 뒤틀린 연못의 주력 몬스터는 대부분 악마다. 그래 봤자 벨리알과는 비교 자체가 불가능한 저급 악마들이었지만 이 던전은 희귀 등급이나 일반 등급이 아니다.

엄연히 전설 등급 판정을 받은 던전이었으니 최소 전설 등급의 악마, 혹은 몬스터가 등장한다고 생각하는 게 맞다. 애초에 신화 등급의 존재와는 비교한다는 것 자체가 무리수. 지금까지의 경험상 신화 등급이라면 적어도 전설 등급보다 서너 계단은 높다고 생각하는 게 옳다.

그런 의미에서 이쪽이 가지고 있는 준신화 등급 직업, 빛의 연금술사 역시 활용할 방법이 무궁무진했지만 최근 침대에만 누워 있느라 연구다운 연구를 못 한 것이 문제.

조금 시간이 걸릴지도 모르지만 어쩌면 시스템의 벽을 두드릴 만한 물약을 만들게 될지도 모른다.

'그냥 희망 사항이지만……'

확실히 몸이 편하니 생각이 한쪽으로 샌다. 입술을 꽉 깨물고 전투에 임하고 있는 원정대원들은 아마 이런 여유조차 없을 거라고 생각했다. 최소 영웅 등급 이상의 악마와 드잡이하는 이들의 표정이 꽤 심각해 보였기 때문이다.

박덕구와 유아영의 얼굴에는 초조함이 감돌고 있었고 정하얀이나 다른 이들의 표정 역시 말할 것도 없다. 안 그래도 어려운 던전을 엘프들과 함께 최대한 빨리 돌파하려 하다 보니 저런 모습을 보이는 게 되는 것이다.

'여유도 사라진 것 같고……'

물론 원인은 나에게 있다. 안 그래도 영혼의 오염으로 생사를 오가는 빛기영이 괴로워하고 있으니 공략을 빠르게 완료해야 한다는 압박감이 생겨 버린 것.

혹시나 사고가 생기면 어떡하나 걱정했지만 악마의 머리통을 쪼개 버리는 김현아의 신위를 확인하자 안심해도 될 것 같다.

인력거에 탄 채 편한 여행을 시작한 지 약 세 시간이 흐르고, 김현아호는 여전히 순항 중이다.

계속해서 힐끔힐끔 바깥을 바라보자 이쪽과 같은 공간에 있는 엘레나가 천천히 입을 열어왔다.

"너무 신경 쓰지 않으셔도 됩니다, 명예추기경님. 아무 일 없을 겁니다."

'그것 때문에 그런 건 아니지만…….'

그렇게 생각해도 나쁠 건 없다.

"어떻게든 도움을 드리고 싶습니다만…… 혼자만 누워 있으니 마음이 편하지 않습니다."

"아니요. 아까도 말씀드렸지만 바깥에 나가시는 건 최대한 지양해야 합니다. 이 뒤틀린 연못이라는 장소와 악마들이 뿜어내는 오염된 마력이 이기영 님의 영혼에 좋지 않은 영향을 끼치고 있습니다. 지금 경솔하게 움직이는 것은 오히려 상황을 더욱더 악화시킬 게 분명합니다. 파란은 강합니다. 저희 에베리아의 엘룬나이트들 역시 마찬가지고요. 아무 일도 없을 겁니다."

"저도 믿지 못해 이러는 것은 아닙니다만……."

"믿으셔야 합니다. 동료분들께서도 이기영 명예추기경님의 마음을 십분 이해하고 있을 테니까요."

'그거야 그렇겠지.'

"별문제 없이 던전 끝에 닿을 수 있을 겁니다. 바깥에 있는 분들 생각보단 명예추기경님 자신을 먼저 생각해 주세요. 그래야 동료분들 또한 안심하고 싸울 수 있을 겁니다."

"네. 그렇게 생각해야겠죠."

침통한 표정을 유지한 것은 당연지사. 걱정스러운 표정으로 이쪽을 바라보는 엘레나의 표정이 시야에 비쳤다.

[성향-호기심 많은 옹호자]

성향은 호기심 많은 옹호자.

[엘레나 에레리아의 고유 기벽을 확인합니다.]

[에메랄드색 망상하는 꽃]

기벽은 에메랄드색 망상하는 꽃.

그녀의 성장 배경을 떠올려보면 납득이 된다. 에베리아 왕국에서만 처박혀 지내던 엘프인 데다가 기본적으로 인간이나

타국에 관심이 많은 것을 보면 왠지 모르게 비슷한 기벽을 가지고 있을 것 같았다.

마음에 들지 않냐고 물어본다면 당연히 마음에 든다고 대답하리라. 성향이나 기벽 자체는 괜찮다. 호기심이 많은 것도 마음에 들고 고유 기벽과의 궁합도 좋다.

무엇보다 현실을 모르는 꿈 많은 소녀 같은 성격이라는 게 가장 좋다. 세상살이에 찌든 사람을 상대하는 것보다는 이런 쪽이 더 낫다는 거다.

'얘를 어떻게든 해야 된다는 건데……'

일단 가장 중요한 과제는 완료한 상황. 좁은 공간이 불편하기야 했지만 그래도 둘만 있을 수 있다는 건 커다란 성과였다. 심지어 마법으로 외부와 차단되어 있으니 대화를 나누기에는 제법 괜찮은 타이밍.

물론 그녀가 나에게 본능적인 거부감을 느끼고 있다는 문제는 남아 있었지만 사이가 진전되거나 그녀의 사고방식이 바뀔수록 이쪽을 받아들이기 편해질 것이다.

'어떤 방향에서 흔들어야 할지 감이 안 오는 게 문제지만.'

일단 현재와 같은 상황에서 조금 더 가까워져야 한다는 것에는 이견이 없다. 첫 번째도 대화, 두 번째도 대화, 세 번째도 대화다. 최대한 이야기를 많이 나누어야 한다는 거다.

그녀에 대해서 더 알아야 하고 어떤 인생을 살아왔는지도 파악해야 한다. 서로 교감을 나누는 데 필요한 첫 계단은 서로에 대해 이해하는 거니까.

고개를 끄덕이며 입을 열자 곧바로 대답이 들려왔다.

"힘들지는 않으십니까?"

"괜찮습니다."

"하지만 분명히……."

"아닙니다, 명예추기경님. 아무리 오염된 영혼이라고 한들, 더럽게 느껴지지 않습니다. 제 눈에는 그 안에 들어 있는 고결함이 더 들어옵니다."

'그래. 그렇게 말해주니까 고맙다, 야.'

"……."

"정말입니다, 명예추기경님. 전에도 말씀드렸지만 저는 여신의 거울로 명예추기경님과 빛의 영웅분들을 지켜본 적이 있습니다. 정말 대단한 광경이었습니다. 네. 아직도 그 모습을 보면 소름이 돋을 정도로 생생합니다. 네 명의 영웅이 한 치의 물러섬도 없이 거대한 악마에게 마주 섰던 모습은 몇백 년이 지난 이후에도 잊지 못할 것입니다."

"대단한 일이 아닙니다, 엘레나 님. 다른 이들이었어도 모두 똑같이 행동했을 겁니다."

"아니요. 실제로 그곳에 있는 제 모습을 떠올려 봤지만 수백 번 생각해도…… 주저앉는 것 이외에는 다른 행동을 할 수 없었습니다. 빛의 영웅분들께서는 제게 용기를 주신 겁니다."

"용기 말입니까?"

"네."

"그리 긴 시간은 아닙니다만 저는 200년 평생을 에베리아 왕국에 틀어박혀 살았습니다. 모든 엘프가 그러하듯 말입니다. 루드비히와 엘리오스 오라버님은 왕국 밖은 항상 위험하다고 말씀하셨고 실제로 저는 다른 인간분들에 대한 이야기들을 많이 접하며 자라왔습니다. 바깥은 무섭고 위험한 곳이라고 매번 이야기를 들어왔습니다."

"그래서 계속 왕국에만 머물러 계셨군요."

"네. 제게 왕국의 밖은 그저 무섭고 두려운 곳일 뿐이었으니까요."

"그렇게 보이지는 않았습니다만……."

"말씀드리지 않았습니까. 용기를 주신 건 빛의 영웅분들이라고요. 아마 여신의 거울을 보지 못했었다면 저는 아직도 에베리아 왕국을 벗어나지 못했을 겁니다. 그리고 제 사명이 뭔지도 모르고 있었을 겁니다. 혹시 하이엘프에 대해서 들어본 적이 있으십니까?"

"네. 있습니다. 아주 오래된 시간 동안 태어나지 않았다는 이야기도, 또 엘레나 님께서 하이엘프라는 것도 말입니다."

"사실 하이엘프라고 해서 뭔가 특별한 것은 아닙니다. 세계수의 축복과 엘룬 님께 축복을 받았다는 것 이외에는 다른 이들과 다른 점이 없으니까요. 물론 역사적으로는……."

"네?"

"역사적으로 항상 선대 수호자분들은 커다란 역할을 맡아 오셨습니다. 아주 먼 옛날, 인간의 나라가 갈라지지 않았을 때부터, 인간과 이종족들이 하나가 되어 싸워왔던 시절부터 선대의 수호자분들은 세상에 모습을 드러내 직접적인 위험과 마주하셨습니다. 동화책이나 역사책에 나오는 엘프 동료라는 건 전부 선대의 수호자님이라 생각하시면 됩니다."

"그렇군요."

"덕분인지는 모르겠지만 저에게도 무언가 주어진 역할이 있을 거라고 생각했었습니다. 그리고 그 이유를 이기영 님께서 직접 찾아주셨습니다."

"저번에 말씀하셨던 사명이라는 게……."

"네. 저는 계시를 받았습니다. 이기영 님의 오염된 영혼을 치유하고 빛의 영웅분들과 함께하라는 엘룬 님의 계시를 말입니다."

당최 뭔 소리를 하는지 모르겠지만 내게는 반가운 소식이다. 시작부터 이쪽에 호의적인 감정을 느끼고 있다는 건 어떻게 봐도 사실인 것 같았으니까.

'저렇게 착각해 주면 더 좋고.'

정말로 계시를 받았다고 생각한다면 어쩌면 써먹을 수 있는 구석이 있을지도 모른다.

'아암. 써먹을 수 있고말고.'

본인이 알아서 북 치고 장구 쳐주는데 이걸 요리하지 못할 이유가 없다. 잠깐 고민하기는 했지만 결정을 내리는 것은 순식간이었다.

시간을 끌 이유가 없다. 곧바로 쇼를 펼쳐야 할 타이밍. 표정을 찡그리자 황급하게 이쪽으로 다가와 상태를 살피는 모습이 보였다. 얼굴 가득 다급함이 서려 있다.

시동을 걸자 황급하게 신성력을 이쪽으로 보내오는 게 느껴졌지만 당연히 효과는 없다. 이번에는 조금 다른 방식의 치료가 필요할 것 같았기 때문.

최대한 호흡을 멈추며 눈물을 쏟아냈다. 빛기영 연기 인생 26년, 악어의 눈물을 흘리는 것 정도는 식은 죽 먹기보다 쉽다.

"괜찮으십니까? 명예추기경님, 괜찮으십니까?"

"커…… 헉……."

"명예추기경님!"

팔을 부들부들 떠는 것도 잊지 않는다. 아니, 사실 이게 가장 중요한 작업. 이제 신성력으로 나를 치료할 수 있는 시기는 지났다는 사실을 제대로 인지시켜야 했기 때문이다.

계속해서 이쪽에 신성력을 쏟아내지만 제대로 치료가 될

리 만무. 곧이어 발광하듯 온몸을 떨자 엘레나의 얼굴에 금방 당혹스러움이 감돈다.

"아, 안 돼."

눈알을 요리조리 굴리며 그녀를 바라보자 바깥에 도움이라도 청할 모양인지 좁은 가마 안의 창문을 바라보는 것이 눈에 띈다. 하지만 한참 전투가 일어나고 있는 상황에 그녀를 도와줄 수 있는 사람이 있을 리가 없다.

그 와중에 내가 준비한 이벤트는 절정을 향해 달려가고 있다. 온몸을 비틀거리며 팔을 공중으로 내뻗는다. 뭔가를 쥐어잡는 것처럼 나를 구원해 달라는 듯 애절한 눈빛을 선보인다.

"엘룬이시여, 엘룬이시여…… 제발……."

"커…… 헉…… 하……."

"엘룬이시여."

이쪽의 고통이 느껴진 모양인지 눈물을 흘리는 모습은 가관. 뭐라도 해야겠다고 생각한 모양인지 허공으로 치솟은 내 팔을 그녀가 꽉 잡는 것이 느껴졌다. 이쪽의 상태가 안정된 것은 바로 그때.

"어?"

눈물로 가득 찬 얼굴에 드리운 것은 안도의 한숨과 의문. 방금 전까지 온몸이 부서져 죽어버릴 것 같았던 내가 갑작스레 안정되는 기적을 체험했으니 저런 표정을 짓는 것도 무리가 아니리라.

"아……."

'그래…….'

"설마……."

'그 설마가 맞아.'

영혼의 침식은 2페이지에 돌입했다. 더 이상 필요한 것은 신성력이 아니다. 오직 엘룬에게 선택받은 하이엘프만이 빛기영을 죽음의 위기에서 건져 올릴 수 있다.

[영웅 등급의 강제 퀘스트가 발동합니다.]

[그만해라! 이 저주받을 악마야!(0/1)]

[알 수 없는 이유로 영웅 등급의 강제 퀘스트가 취소됩니다.]

'좋아. 괜찮아.'

방금 뭔가 지나간 것 같았지만 크게 관심을 두지는 않았다. 지금 이 순간 중요한 건 엘레나의 반응이었으니까.

뭔가 어안이 벙벙한 표정이었지만 정상이 된 내 모습에 크게 안심했는지 숨을 고르는 모습이었다. 갑작스러운 상황에 많이 놀란 것이 눈에 보일 정도다.

귀는 파르르 떨리고 있었고 에메랄드색 머리카락이 땀에 젖어 있다. 하지만 자신보다는 이쪽을 챙기는 게 더 급하다고 생각한 모양인지 곧바로 말을 걸어온다.

"괜찮…… 괜찮으십니까?"

"네. 괜찮습니다, 엘레나 님."

"다행입니다. 정말로 다행입니다."

갑자기 든 생각치고는 꽤 괜찮은 아이디어였다. 반응을 보니 결과도 나쁘지 않은 것 같이 느껴진다. 조금 충동적인 면도 없지 않아 있었지만……. 메리트는 분명히 존재한다.

전설 등급의 직업과 전설 등급의 특성. 마력과 행운 능력치는 90 이상. 하이엘프의 종족 특성과 이후 에베리아 왕국에 막강한 영향을 끼칠 것으로 기대되는 인재.

예전이었다면 어떤 대가를 치르더라도 이쪽으로 데려오려 했을 것이다. 지금이야 살림살이가 나아졌기 때문에 인재에 크게 목을 매지 않았지만 이만한 이를 소환수로 들일 수 있다는 건 리스크를 짊어질 이유가 된다.

아주 쉬운 방법으로 주사위가 던져졌다. 기왕 결심하고 움직일 거라면 확실하게 하는 게 낫다는 거다. 천천히 입을 열자 당황스러워하는 얼굴이 시야에 비쳤다.

"표정이 안 좋으신데…… 혹시 무슨 일이라도 있는 겁니까? 제 상태가 더 안 좋아졌다거나……."

"아니요. 그런 것은 아닙니다. 네. 그런 것은 아니지만……. 네, 네……. 그런 것은 절대로 아닙니다. 그보다 지금 상태는 좀 어떠신 것 같으십니까?"

"글쎄요. 평소보다 조금 더 편안한 것 같은 느낌입니다."

"그게 정말이십니까?"

"네."

"그렇…… 군요."

"어떻게 된 영문인지는 모르겠지만 감사합니다."

"네?"

"방금도, 또 이렇게 함께해 주신 것 말입니다."

"아…… 네. 아닙니다. 당연한 일을 했을 뿐입니다."

"어쩌면 엘룬 님의 계시라는 게……."

"네."

"정말로 있는 모양입니다."

"……."

"사실 저도 살 날이 얼마 남지 않았다는 건 조금은 눈치채고 있었습니다, 엘레나 님."

"네? 알고 계셨……."

"물론 정확히 어떤 상태인지는 진단하지 못하고 있었습니다만 여기저기에서 계속해서 신호를 보내고 있었으니까요. 사실 반쯤은 포기하고 있었고…… 제게 주어진 역할이 여기까지인가 하는 생각도 많이 했었습니다."

"……."

"엘레나 님이 엘룬 님께 저를 위한 계시를 받았다고 말씀하시니…… 어쩌면 제가 이 대륙에 남아 있어야 할 이유가 조금 더 있나 봅니다. 라이오스에서 있었던 일보다 더욱더 중요한 일 말입니다. 하하. 콜록. 콜록."

"이기영 님!"

황급히 두 손을 잡아오는 꼴은 가관. 걱정스러운 눈빛으로 이쪽을 살피는 표정 역시 여전하다.

"네…… 네! 저도 그렇게 생각하고 있습니다. 분명히 엘룬 님께서 명예추기경님을 도우라고 명하신 이유가 있을 겁니다. 네, 분명히요. 그리고…… 네. 저와 이기영 님을 만나게 해주신 다른 이유 역시 있을지도 모릅니다."

'보통 저렇게 생각하겠지.'

"다른 이유…… 그게 무슨 말씀이신지……?"

"아, 아무것도 아닙니다. 아무것도요."

고개를 푹 숙이는 모습이 눈에 들어왔다. 아직 뭔가 불편해 보이는 표정이기는 했지만 왠지 모르게 붉어진 얼굴은 많은 생각이 있었다는 걸 보여준다. 사실 저런 반응을 보여주는 게 당연하리라.

'남자 손이나 제대로 잡아본 적 있겠어?'

200년 가까이 숲속에 처박혀 있던 엘프다. 애초에 남녀 관계에 굉장히 무지한 것처럼 보였던 캐릭터였다. 악수를 하자며 아무 거리낌 없이 손을 잡아오거나 치료를 위해 가슴에 손을 올리는 행동에 그다지 위화감을 못 느끼는 것이 그렇다.

지금까지의 치료 행위가 이성 간의 접촉이었다는 건 아예 인지하지 못하고 있었을 것이다. 어디까지나 환자를 치료하는 과정이었을 뿐이니까. 하지만 방금과 같은 조미료와 설정이 추가되면 또 내용이 달라진다.

'혹시 엘룬 님에게 다른 뜻이 있는 건 아닐까'라든지, '이분과 만나게 한 다른 이유가 있을 수도 있지 않을까'라든지.

이처럼 한 번 인식하기 시작하면 단순한 치료 행위가 더 이상 예전과 같지 않다는 뜻. 꿈 많은 소녀에게 신의 뜻이나 운명이라는 소재는 고개를 끄덕일 수밖에 없는 소재.

정체를 알 수 없는 신이 나와 엘레나의 만남을 주선했다는 말보다 더 달콤한 말은 적어도 이 대륙에서는 존재하지 않는다. 대륙에 유통되는 수많은 로맨스 소설에서 등장하는 대사들이 모두가 하나같이 신의 뜻, 계시와 인도, 운명 따위라는 걸 생각해 보면 답은 뻔히 나온다.

상상으로도 이런 개소리들이 먹히는 배경일 터인데 심지어 그녀에게 일어난 일은 엄연한 현실. 180도 달라진 모습을 기대할 순 없겠지만 분명히 이쪽을 의식하고 있을 것이다.

'생각보다 훨씬 빠르게 할 수 있겠는데.'

빠르지만 견고하게 관계를 구축한 이후에는 머릿속에 여러 가지를 쑤셔 넣기 쉬워진다. 아니, 심지어는 쑤셔 넣을 필요도 없다. 잘만 하면 그런 작업 없이도 원만하게 일을 해결할 수 있을지도 모른다.

계속해서 고개를 끄덕일 수밖에 없는 상황. 어디에선가 서늘한 기운이 느껴진 것은 바로 그때였다.

"아……."

바깥의 상황을 살펴보기 위해 달려 있는 작은 창문 사이로 한 쌍의 눈이 보인 것. 정하얀이 얼굴을 가져다 대고 안을 바라보고 있다는 것을 깨달은 것은 순식간. 등 뒤를 뱀 한 마리가 훑는 감각이다.

'제기랄.'

잠깐 뜨끔하기는 했지만 가마에서 천천히 얼굴을 떼는 정하얀을 보자 그녀가 제대로 된 상황을 파악하지 못했다는 걸 깨달을 수 있었다. 단순히 내가 뭘 하고 있는지 궁금했던 모양이다. 뭔가 걱정하는 표정을 보니 이쪽도 사람인지라 양심이 찔려오기는 한다.

'더 잘해줄게, 하얀아.'

쓸데없는 다짐이기는 했지만 잠깐 올라온 양심의 가책을 억눌러야 했다. 그리고 지금은 일단 눈앞에 들이닥친 똥부터 해결해야 한다.

계속해서 무릎을 툭툭 건드리고 있었던 바로 그때였다.

콰득! 콰아아아앙!

"꺄아아아아아악!"

처음 들려온 것은 커다란 목소리. 귀가 깨질 듯이 울리는 목소리에 순간적으로 귀를 막을 수밖에 없었다.

이유를 알 수 없지만 가마에 커다란 충격이 느껴진다. 순간적으로 작은 창문으로 바깥을 쳐다봤지만 파티원의 모습은 보이지 않는다. 아니, 어디론가 굴러떨어지고 있는지 몸이 작은 가마 안에서 정신없이 부딪히고 있다.

엘레나와 몸이 뒤엉킨 것은 당연지사. 어떻게든 몸을 고정시켜야 한다고 생각했지만 이런 상황에서 주문을 외우기도 쉽지가 않다.

'이게 도대체 무슨 난리야, 씨발!'

엘븐나이트인지 뭐시기인지 하는 가마꾼들이 뭔가 사고를 친 것이 분명하다. 혹시나 정하얀이 사고를 친 것은 아닐까 생각해 봤지만 그럴 가능성은 제로다. 걔가 이쪽에 해를 끼치는 장면은 몇백 번을 시뮬레이션해도 상상하기 어렵다. 엘레나를 죽이면 죽였지 마차를 날려 버리는 선택을 하지는 않을 거라는 거다.

'사고가 터진 거야.'

정황상 그렇게 생각하는 것이 맞다. 방심했다는 생각이 든 것이 당연. 엘프들이 어리버리하게 움직일 때부터 뭔가 일이 꼬일 거라고 예상했어야 했다.

김현성이나 정하얀이 현재 이쪽을 쫓고 있는지는 모르겠지만 전투 중이거나 특수한 상황에 놓여 있다면 아예 가마째 고립되어 버릴 가능성도 존재한다.

바깥의 상황을 알 수 없다는 게 오히려 독이 된 상황이다. 소리까지 막는 게 아니었다. 그나마 다행인 건 이 가마가 워낙 튼튼하다는 점이겠지만, 한참이나 시간이 지났는데도 불구하고 계속해서 떨어지는 느낌이 드는 것을 보면 꽤나 깊숙한 곳까지 내려온 것 같았다.

도대체 어디까지 떨어지는 건지 알 수 없지만 뭔가 수를 내야 한다는 생각이 꽂혔다.

“꺄아아아아아아아아악!”

“제기랄!”

콰득! 쾅! 콰드득!

하지만 그것마저도 쉽지 않다. 여러 소리를 내며 가마에 외부의 물체와 부딪치는 것이 고스란히 전해진다. 안전을 위해 미리 걸어놓은 마법들이 아니었다면 이미 부서져 버렸을 것이다.

‘부유 마법도 안 걸어주는 건가?’

정하얀이나 황정연, 한소라 같은 마법사들이 이쪽을 캐치할 여력이 없다는 걸 생각해 보면 상황이 생각보다 심각할지도 모른다. 심지어 김현성도 달려오지 않는 걸 보면 뭔가 잘못되어도 단단히 잘못됐다.

창문 사이로는 더 이상 빛도 들어오지 않는 상황. 필사적으로 엘레나를 끌어안고 손뼉을 치자 용의 꼬리가 나와 엘레나의 몸을 감싸기 시작했다. 마차 외부에 있는 보호 마법이 우릴 보호해 주겠지만 혹시 모를 상황이 존재하는 만큼 몸을 지킬 수 있는 수단은 최대한 마련해야 한다.

'제기랄, 제기랄.'

콰앙 하는 굉장한 소리가 들린 순간 몸을 움찔거렸지만 소리에 비해 몸에는 아무 이상이 없다. 애초에 마차가 부서지지 않았다는 게 신기할 지경. 도대체 방어 마법을 몇 중첩이나 걸어놨는지 모르지만 신줏단지 모시듯 보호한 보람이 있다.

'우리 마법사들이 유능하기는 하네.'

내부에도 충격 완화를 걸어놨는지는 모르겠지만 그렇게 가마 안을 굴러다녔음에도 불구하고 멍조차 들지 않은 것 같다.

아무것도 보이지 않는 칠흑 같은 어둠. 살짝 캐스팅을 외우자 작은 빛과 함께 주변이 천천히 빛나기 시작했다. 애매한 자세로 몸을 일으키자 이쪽을 꽉 껴안은 채 파르르 떨고 있는 엘레나의 모습이 보였다. 움찔움찔 귀를 움직이는 것을 보니 현 상황이 이해가 되지 않는 모양.

물론 나 역시 마찬가지다. 잘 진행되고 있는 원정이 어떻게 이렇게 막장으로 치달을 수 있는지 궁금해진다. 괜스레 입술을 깨물었을 때 곧바로 이쪽에 얼굴을 바짝 붙인 엘레나가 천천히 말을 걸어오기 시작했다. 표정이 어땠는지는 굳이 설명이 필요 없으리라.

"이, 이기영 님. 이게 도대체 어떻게 된, 된 일인가요?"

"자세히는 모르겠습니다. 뭔가에 충격을 받고 떨어진 것 같은데……."

"여, 여기는 어딘가요?"

"저도 잘 모르겠습니다. 바깥에도 보이는 건 없고…… 일단은 바깥 상황을 확인해 보는 게 좋을 것 같습니다. 최악의 경우 일행과 멀어졌을 때를 생각해 봐야 될 것 같습니다. 고립됐을 가능성이요."

"그런……."

"일단은."

이곳이 어디인지, 함께 떨어진 이들은 있는지 확인하는 것이 먼저. 김현성이 선물해 준 무한의 가방을 뒤적여 곧바로 용숨결 물약을 꺼내 들었다. 혹시 모를 상황이 존재하는 만큼 몸을 빼낼 준비를 마친 것이다.

엘레나가 불안한 표정으로 이쪽을 바라보고 있는 것이 보였지만 일단은 천천히 가마의 문을 열 수밖에 없었다.

끼익 하는 소리가 유난히 크게 들려온다.

침을 삼키며 주변을 둘러봤지만 이 동공의 부피가 꽤 커다란 모양인지 아무것도 보이지 않는다. 하늘에서 무엇인가가 떨어진 것은 바로 그때. 혹시나 이쪽을 구하러 온 사랑스러운 회귀자가 아닐까 하는 생각을 해봤지만 눈에 보인 것은 전혀 의외의 인물.

'제기랄.'

심지어 살아 있지도 않다.

시야에 비친 것은 상반신만 남은 채 추락한 엘프의 시신.

"이거 큰일 났는데……."

갑작스러운 상황에 입술이 바짝 마르기 시작했다. 분명 가마를 끌고 있었던 엘룬 나이트 중 한 명이었다. 떨어진 충격 때문에 형체를 알 수 없을 정도로 엉망이었지만 마음의 눈이 우리와 함께 있었던 그 엘프라 말해주고 있었다.

'원래 있던 곳에서부터 떨어진 건가?'

도대체 어떻게 된 일인지 영문을 알 수 없다. 확실한 것은 내가 모르는 사고가 있었고 원정대가 대응하지 못했다는 것 하나. 그 외에는 모든 게 불분명했다. 워낙 순식간에 일어난 일이었고 마차 안에 처박혀 있었던 나는 바깥에서 무슨 일이 일어나는지 알 길이 없었다.

'후위에는 누가 있었지?'

파란 길드는 대부분 전방에 배치되어 있었다. 가마에 가까이 붙어 있었던 것은 후위면서도 접근전이 가능한 안기모와

이 가마를 끌었던 엘프들.

이 불쌍한 녀석 역시 이런 모습이 된 걸 보니 아마 사고는 뒤쪽에서 일어났다고 보는 게 타당하리라.

'안기모는 무사한 건가?'

이곳으로 함께 떨어지지 않았다면 무사하다고 봐도 될 것 같지만 혹시 중간에 걸렸을 가능성도 있다. 물론 다른 길드원들 역시 떨어졌을 가능성도 존재한다.

'지면이 무너지기라도 한 건가.'

별별 상상이 다 가지만 명확한 답이 나오지는 않았다. 한 가지 확실한 것은 그다지 좋은 상황은 아니라는 것. 어찌 됐든 간에 던전 내에서 고립된 것이라면 최악의 상황이라고 생각해야 한다.

전설 등급의 던전. 몸을 지켜줄 수 있는 전위도 없고 보급품 역시 한정되어 있다. 인상이 찌푸려지는 것도 무리가 아니다. 현재 내가 처한 상황이 보통 상황이 아니라는 걸 인지한 탓이다.

일단 소지품을 점검하는 것은 당연한 수순. 가지고 있는 게 뭔지 확인해야 한다고 생각했다.

휴대용 연금 키트.

'이건 맨날 가지고 다니는 거고…….'

약 5일 정도 먹을 수 있는 식량과 식수.

'아껴 먹으면 20일은 먹을 수 있어.'

디아루기아 촉매.

'이건 넉넉하게 챙겨왔고.'

전설 등급의 체력 물약 10병. 그 외 잡다한 촉매와 재료.

'조금 부족해…….'

기본적으로 버틸 수 있는 수준으로 나쁘지 않은 것 같지만 역시 문제는 몸을 지킬 수단이라고 생각했다.

린델에 꼭꼭 처박아둔 율리에나가 괜스레 그리워진다. 잠에서 한 번 깨어나게 한 이후에는 전투에 직접적으로 참여할 일이 없어 놔두고 다녔던 것이 통한의 실수.

'돌아가면 다시 가지고 다녀야겠네.'

최근 좀 물렁하게 지냈다는 자기반성도 해본다. 괴물들 사이에 둘러싸여 있다 보니 자기발전에 너무 소홀했던 것도 사실. 필드에서 뛰다 보니 시간이 없기도 했지만 그래도 최근 나태하게 지냈다는 건 부정할 수 없다.

물론 지금 후회해 봤자 달라지는 것은 없다. 고개를 한 번 흔든 이후에 곧바로 엘프의 품을 뒤적거려봤다. 혹시나 쓸 만한 게 있는지 찾아봐야 했기 때문이다. 제법 꼼꼼히 뒤져봤지만 그나마 건질 수 있었던 것은 허리춤의 단검 하나. 사실 사용법 따위는 알지도 못하지만 없는 것보다는 낫다.

'개털이네.'

"이, 이기영 님."

다시 한번 천천히 주변을 살폈을 때 들려온 목소리. 돌아오지 않아 불안했던 모양이다.

"거기에 계신 겁니까? 명예추기경님."

"네, 엘레나 님. 걱정하지 않으셔도 됩니다. 지금 가겠습니다."

다시 한번 발걸음을 옮겨 마차로 돌아가니 안에서 나를 올려다보고 있는 엘레나가 시야에 비쳤다. 귀를 바들바들 떨고 있는 모습은 누가 봐도 공포에 질린 것 같다.

그나마 나를 보자 안심했는지 숨을 몰아쉬었지만 편안해 보이지는 않았다. 마치 튜토리얼 던전에 처음 들어왔을 때의 사람들을 보는 것만 같다. 이미 예상은 했지만 가지고 있는 능력치에 비해 실전 경험이 많지는 않은 것 같았다. 어떻게 보면 귀찮은 짐이 생겨 버린 셈.

"바, 밖은 조금 어떻습니까?"

"그다지 상황이 좋지는 않습니다. 현재 저희가 있는 장소도 알 수 없고 주변에 보이는 게 없어서……. 일단 마차의 보호 마법이 유지될 때까지만이라도 원정대를 기다려 보는 게 좋을 것 같습니다. 만약 그들이 무사하다면 이곳으로 내려올 테니까요."

"네. 명예추기경님의 말씀이 맞습니다. 금방 찾으러 와주시겠죠. 네. 분명히요."

'나도 그렇게 쉽게 일이 잘 풀렸으면 좋겠다.'

"명예추기경님."

"네."

"만에 하나 드리는 말씀이지만…… 혹시 아무도 찾으러 오지 않은 경우에는……."

"그럴 일은 없을 겁니다. 시간이 얼마나 걸릴지는 알 수 없지만 분명 찾아올 겁니다."

찾아오지 않을 리가 없다. 무슨 일이 일어났는지는 모르겠지만 이번 일로 길드원들이 죽었을 거라는 생각은 들지 않는다. 내가 그렇게 생각하기 싫을 뿐일 수도 있겠지만 어떻게 생각해도 김현성이 이런 곳에서 리타이어한다는 건 상상이 가지 않는다. 정하얀 역시 마찬가지.

그 두 명이 살아 있다면 던전 공략보다는 이쪽을 찾는 걸 선택할 것이 분명. 나와 엘레나가 어디로 떨어졌는지도 알고 있을 테니 원정대를 정비한 이후에 곧바로 이곳으로 향하게 되리라.

'수습하기까지 시간은 좀 걸리겠네.'

정하얀이 울고 불고 난리칠 걸 생각해 보면 지금 내가 그 현장에 없는 게 다행이라 생각했다. 아마 모두가 정하얀을 말리기 위해 진땀을 빼고 있을 게 뻔하다.

'아네모네의 눈이 안 보이는 건 조금 그렇기는 한데…….'

너무 거리가 멀기 때문에 시전 자체가 불가능할 수도 있다. 정하얀의 스토킹 카메라는 사정거리가 길지는 않으니까.

"문제는 그동안 저희가 얼마나 버틸 수 있느냐겠죠. 지금 당장은 안전하지만 언제 몬스터들이 달려들지 모르니까요. 가마에 걸려 있는 보호 마법이 계속해서 유지되면 좋겠지만 아마 길어야 하루일 겁니다. 식량도 넉넉하지 않고요."

"얼마나……."

"아껴도 10일 정도면 바닥날 겁니다."

"그런……."

"일단은 최대한 아끼면서 버티는 게 좋을 것 같습니다. 혹시 엘레나 님께서도 따로 짐 같은 건……."

"제, 제 짐은 모두 루드비히가 관리하고 있어서……. 죄송합니다."

"아닙니다. 이런 일이 있을 거라고는 생각하지 못했으니까요. 그보다."

지면이 갑자기 움직인다는 느낌을 받았던 것은 바로 그때.

"……."

눈앞에 있는 엘레나가 갑작스레 숨을 죽이는 것이 시야에 비쳤다. 땅이 움직이는 것 같은 미묘한 감각에 겁을 집어먹은 것이다.

문을 열고 다시 한번 주변을 살폈다. 착각하는 것이 아니다.

분명히 지면이 움직이고 있었다.

“잠깐…….”

“위, 위험합니다. 이기영 님.”

“지금 이거…… 움직이고 있는 것 같지 않습니까?”

“네?”

“지면이 통째로 움직이고 있는 것 같습니다. 네. 분명히요.”

아니. 단순히 움직이는 게 문제는 아니다. 잠시 후에는 굉음과 함께 본격적으로 움직이고 있다는 것이 느껴지기 시작한다.

‘시발, 이거 혹시.’

서둘러 엘프 시체가 있던 곳으로 달려간 것은 당연지사. 뭔가 찜찜한 게 있었기 때문이다. 하반신이 완전히 날아가 버린 시체는 아까와 별다를 게 없어 보였지만 단면이 무척 신경 쓰인다.

깨끗하게 잘리거나 힘에 의해 찢겨진 것이 아니다. 레인저처럼 흔적을 읽을 수는 없지만 그 정도는 당연히 알고 있다. 마치 거대한 스테이플러로 물어뜯긴 모양새. 표면이 거친 것은 물론 이상한 타액까지 묻어 있다.

[살리트의 타액-준신화 등급]

[연금술의 촉매로 활용할 수 없는 소재입니다.]

'제기랄…….'

마음의 눈으로 계속해서 주변을 살펴보기 시작했다. 조금이라도 행복회로를 돌리고 싶지만 마음의 눈으로 둘러본 광경은 다시 한번 내 기대를 배신한다.

[살리트의 위장-준신화 등급]

'시발.'

[살리트의 위장-준신화 등급]

어느 곳을 둘러봐도 눈에 보이는 곳은 변함이 없다.

'먹힌 거야.'

지금 나와 엘레나가 떨어진 곳은 정체를 알 수 없는 거대 몬스터의 위장이다. 저 엘프는 이빨에 뜯겨 상반신만 넘어온 것이 분명. 하반신은 이 사이에 끼어 있거나 아직까지 그곳에 남아 있을 거라고 생각했다. 나와 엘레나가 타고 있었던 가마는 운 좋게 곧바로 이쪽으로 떨어져 내린 것이다.

'빠져나가야 해.'

이곳에 있다가 소화되어 버린다는 사실은 박덕구라도 알수 있는 사실일 터. 동료들이 오기를 기다리고 있다간 그전에 녀석에게 소화되게 생겼다.

"엘레나 님, 밖으로 나오세요. 지금 바로 이동해야 될 것 같습니다."

"네?"

"현재 저희가 있는 곳이 몬스터의 뱃속인 것 같습니다. 일단은 지금 있는 장소를 벗어나는 게 좋을 것 같습니다."

"그게 무, 무슨……."

"설명은 이동하면서 드리겠습니다."

내 목소리에 얼떨떨한 표정으로 바깥으로 나오는 엘프는 바깥으로 나오자마자 인상을 찡그렸다. 그야 몬스터의 뱃속에 있다는 소식을 들었으니 저런 표정을 짓는 것이 당연하리라.

"어디로 가야 하는 건가요?"

'그건 내가 너한테 묻고 싶다.'

당연하지만 이 몬스터의 기관은 인간의 것과 완전히 다르다. 뭐가 어떻게 되어 있는지 감이 잡히지 않는 것은 나로서도 마찬가지였다.

'디아루기아랑 비슷하다고 생각하면 되나?'

아무것도 없는 상태에서 시작하기보다는 뭐라도 있는 상태에서 시작하는 게 더 편한 것은 당연. 물론 크기의 차이는 있지만 디아루기아 신체 탐방이 의외의 곳에서 도움이 될지도 모른다고 생각했다.

디아루기아의 기관은 섭취한 모든 것을 마력으로 분해해 체내로 전달한다. 확실히는 알 수 없지만 녀석 역시 비슷한 매커니즘으로 몸을 움직일지도 모른다.

준신화 등급의 몬스터. 대부분의 일반, 희귀 몬스터들의 소화기관보다는 조금 더 상위의 기관으로 움직인다고 추측하는 게 더 합리적이다.

서둘러 사방을 살폈다. 분해한 에너지를 체내, 특히 심장 쪽으로 전달하는 기관이 분명히 있을 거라고 생각했기 때문이다. 곧바로 이곳저곳을 살펴봤지만 워낙 넓어 꼼꼼히 살펴볼 수 없다는 것이 문제였다. 하지만 마력이 흐르는 곳은 분명히 존재한다.

"엘레나 님, 작은 것이라도 좋으니 혹시나 소리가 들리는 곳이 있는지 확인해 주세요."

"……."

"엘레나 님?"

"……."

"엘레나 님!"

"아……. 네, 네! 이기영 님. 방금 뭐라고 말씀……."

'아……. 얘 맛탱이 간 것 같은데.'

무리도 아니다. 갑자기 몬스터의 뱃속에 들어왔다는 소식을 듣는다면 누구라도 저렇게 반응할 것이다. 오히려 비명을 지르며 발광하지 않는 게 용하다. 순간적으로 버릴까 고민하기도 했지만 현재 상황에서 뭐라도 할 줄 아는 사제가 하나 있다는 건 무조건 도움이 된다.

천천히 그녀의 손을 움켜잡자 움찔 하고 나를 올려다보는 얼굴이 시야에 비쳤다. 귀는 파들파들 떨고 있었고 예상대로 공포감에 휩싸여 있다. 화를 내기보다는 달래는 것이 더 좋을 것 같다고 판단한 것은 순식간이었다.

천천히 그녀의 머리를 쓰다듬은 뒤 입을 열자 나를 바라보는 얼굴이 눈에 보인다.

"걱정하지 않으셔도 됩니다, 엘레나 님."

"아, 네…… 네."

"혹시 무슨 일이 생기더라도 제가 반드시 지켜드릴 테니까요."

"……."

이런 손발이 없어지는 소리도 이제 제법 적응이 된다. 물론 방금 대사는 거짓말. 실제로 위기가 닥친다면 버리고 갈지도 모르지만 일단 이런 대사라도 해두는 것이 합리적이다.

다시 한번 손을 잡자 그녀의 손에도 힘이 들어간 것이 느껴졌다. 아직 눈은 공포에 질려 있지만 무언가 결심한 모양인지 입술을 꽉 깨물고 고개를 끄덕여 오는 모습이 보였다.

"아닙니다. 제, 제가…… 설사 제가 어떻게 되더라도 이기영 님만은 반드시. 반드시……."

'그래. 그런 마음가짐 좋다, 야.'

"무사히 빠져나갈 수 있을 겁니다. 둘이서요."

"네. 둘이서."

"그럼."

"저…… 명예추기경님."

"네."

"특별한 일이 아니면 계속해서 손을 잡고 계신 게 도움이 될 것 같습니다. 혹시나 또 발작을 일으키실지 모르니까요."

"네. 그렇게 하는 게 좋을 것 같습니다."

'얘는 진짜 너무 쉬운데.'

묘하게 붉어진 얼굴은 분명 착각이 아니다. 평범하게 잡고 있던 손을 돌려 꽉 하고 깍지를 끼우자 조금 긴장한 듯 황급히 고개를 숙이는 모습이 눈에 들어왔다.

"다른 분들은 무사할까요?"

"무사할 겁니다. 함께 떨어진 분 빼고는 다른 흔적이 없었으니까요. 지금 분명히 저희가 있는 쪽으로 향하고 있을 겁니다."

"네."

"아마 이 몬스터가 뒤틀린 연못의 던전 보스일 확률이 높을 겁니다. 세계수를 썩게 만든 장본인이기도 하고요. 어째서 마지막에 있어야 할 던전 보스가 갑작스레 나타났는지는 모르겠지만 별다른 문제가 없다면 15일 안에 다른 원정대원들 역시 이곳으로 당도할 수 있을 겁니다."

이유를 모르겠다고 말했지만 어째서 던전의 보스가 갑자기 툭 하고 튀어나왔는지 예상이 간다. 단순한 가정에 불과하지만 아마 녀석이 자리 잡은 곳은 뒤틀린 연못의 중심부일 가능성이 클 터.

이곳이 던전화되어 있다고는 하지만 던전에 있는 악마들을 유지하는 것에는 막대한 마력을 필요로 할 수밖에 없다. 대륙에 체류하는 게 불가능한 악마들을 이곳에 머무르게 해주는 비자가 바로 뒤틀린 연못이나 세계수에서 뿜어져 나오는 마력인 것.

네임드 몬스터인 살리트는 뒤틀린 연못에서 가장 가까운 곳에 위치했을 가능성이 크다. 그런 녀석이 아무 계획 없이 갑작스레 던전 초입으로 산책을 나왔을 리가 없다. 우연히 이쪽이 발견됐다기보다는 처음부터 노렸다고 생각하는 게 맞다.

'그 이후에 전투가 벌어진 것 같지도 않으니까.'

그냥 가마만 삼킨 이후 곧바로 내뺐다는 거다. 김현성이나 다른 길드원들이 미처 반응하지 못할 정도로 잘나였을 것이고 후위를 지키던 엘프들이 제대로 반응하지 못한 것이 원인. 물론 준신화 등급의 몬스터라는 걸 생각해 보면 어쩔 수 없었겠지만 후위가 미처 대응을 하지 못한 것은 부정할 수 없는 사실이다.

이 와중에 의구심이 생긴 것은 어째서 나를 노린 것인가에 대한 것. 물론 예상하는 답이야 있다. 악마군주인 벨리알도 내가 탐난다고 했으니 살리트 역시 내가 탐이 났으리라.

여기서 또 문제가 되는 것이 하나.

'이 새끼는 도대체 왜 나를 삼켜 버린 거지?'

벨리알은 분명히 나를 죽일 의지가 없다는 것을 표현했고 실제로도 그렇게 행동했다. 악마에게 계약이라는 건 곧 실적. 심지어 꼭 한 번 다시 만나면 좋겠다며 호의를 드러냈을 정도였으니 다른 표현이 필요가 없으리라. 살리트가 나를 죽이기 위해 삼켰다는 건 내가 알고 있는 악마의 사고방식과는 거리가 멀다.

'사고가 불가능한 건가?'

본능으로 움직이는 종류일 수도 있다. 악마로 분류된 모두가 72군주처럼 생각하고 행동하는 종류는 아닐 테니까.

조금 더 녀석의 정보를 확인하면 좋으련만 내게 주어진 정보는 고작 이 정도다. 아직 전설 등급인 마음의 눈으로 볼 수 없는 부분이 있다는 게 아쉬웠다. 그나마 녀석에 대한 단편적인 정보를 볼 수 있는 것 역시 내가 가지고 있는 직업의 영향 때문이리라.

"그보다…… 저, 정말 다행인 것 같습니다."

"네?"

"만약 이기영 님이 아니었다면 아마 저는 그곳에서……."

"그렇게 생각하지 않으셔도 됩니다. 그나마 여기까지 오게 된 것도 엘레나 님이 있었기 때문이니까요."

"그렇지 않습니다. 현재 저희가 몬스터의 안에 있다는 사실도 이기영 님께서 알아내셨고…… 저는 아무것도……. 네. 겁만 집어 먹고 있었습니다. 사실 지금도 무척 겁이 납니다. 명예추기경님께서는 어떻게 그렇게 침착하실 수 있는지 신기하게 느껴질 정도라…… 크게 도움을 드리지 못해 죄송할 뿐입니다."

"하하. 저도 생각보다 용기 있는 사람은 아닙니다. 사실은 엘레나 님과 똑같습니다."

"네?"

"저도 똑같이 겁이 많은 사람이라 말씀드리고 있는 겁니다."

"그런데 어떻게 그렇게……."

"글쎄요. 저도 잘은 모르겠습니다만 이런 상황이 익숙하기도 하고."

"……."

"엘레나 님이 함께 계신 것도 영향이 있겠죠. 혼자였다면 아무래도 버티기 힘들었을 겁니다. 의지할 만한 사람이 있다는 건 그만큼 도움이 되니까요."

"아…… 그, 그렇게 말씀해 주셔서 감사합니다."

"입에 발린 소리가 아니라 진심으로 드리는 말씀입니다. 아마 엘레나 님께서 지금 제 손을 잡아주시지 않았더라면 벌써 쓰러져 버렸을 겁니다. 그것만으로도 굉장히 감사합니다."

"앗."

작은 통로를 타고 다니던 와중에 에메랄드색 엘프가 짧게 소리를 질렀다. 다리가 후들거리는 것을 보니 아마 한계에 다다른 모양. 그럴 만도 했다. 제대로 된 휴식 없이 이틀은 걸었으니까.

슬슬 나 역시 체력적으로 한계인 상황이다. 이런 행군 경험이 없는 그녀가 힘들어하는 것도 무리는 아니다. 기본 스탯이 높은 편이니 여유 체력은 있을지 몰라도 발은 온전치 않을 것이다.

"잠깐 쉬었다 가는 게 좋을 것 같습니다."

"아니요. 그럴 수는……."

"마침 저도 힘들었던 타이밍입니다. 이틀 동안 잠도 제대로 자지 못하고 걸어왔으니까요."

"……."

'나 진짜 힘드니까 그렇게 죄책감 느끼지 않아도 된다.'

그동안 주변을 둘러봤지만 마땅히 이상한 점은 찾지 못했다.

혹시나 체내에 다른 몬스터를 키우고 있을지도 모른다는 생각이 들었는데 아직까지는 별다른 특이점을 찾지 못한 상황.

만약 휴식을 취한다면 지금이 적절한 타이밍이다. 다음 기관으로 이동하는 통로의 안이었고 몸을 숨기기에 적절한 지형을 하고 있었으니까.

'뭐, 그게 도움이 되겠느냐마는…….'

그래도 없는 것보다는 낫다.

살짝 자리에 주저앉은 뒤에 옆자리를 두드리자 조심스럽게 옆에 앉은 모습이 보였다. 고통스러운지 인상을 찡그린다. 내가 생각한 그대로라는 건 굳이 설명할 필요도 없다.

"잠깐 발을 봐도 되겠습니까?"

"네? 아닙니다. 괜찮……."

대답을 듣지 않고 조심스레 장화를 벗기자 확실히 물집이 터져 엉겨 붙은 모습이 눈에 들어왔다. 장화에 피가 달라붙어 아파 보이기는 했지만 고통보다는 부끄러움이 더 커다란 모양이다. 다시 한번 얼굴을 붉히고 있는 모습이 시야에 비친다.

"괘, 괜찮습니다. 제가 스스로 회복할 수 있습니다."

"말씀하시지……."

"걱정하실 것 같아서. 하지만 이, 이제 괜찮습니다. 이기영 님."

"아니요. 신성력은 아끼는 게 좋을 것 같습니다. 무슨 일이 일어날지 모르니 체력을 안배해야 합니다. 마침 제게 포션이 있으니 이걸로 치료를 하는 게 더 빠를 것 같습니다."

"네?"

'미쳤다고 이런 이벤트를 그냥 넘기겠어.'

최우선 사항은 당연히 이곳에서 살아서 나가는 거지만 작업 역시 소홀히 하지는 않았다. 고지가 코앞이라는 느낌도 있었고 생각보다 그녀가 거부감을 느끼지 않았기 때문이다.

악마의 안에 있어서인지, 이미 내게 익숙해져서인지는 모르겠지만 구역질을 하거나 인상을 찌푸리지는 않았다.

지금도 마찬가지. 천천히 발을 매만지는 와중에도 다른 거부 반응이 없다. 오히려 부끄럽다는 듯 고개를 푹 숙이고 있는 모습을 선보이고 있다는 거다.

품에 있는 포션을 하나 꺼내 든 뒤 천천히 그녀의 발 위로 쏟으니 익숙하지 않은 감각에 귀를 움찔거리는 엘레나의 얼굴이 보였다.

'조금 농도가 짙기는 한데 뭐, 이런 게 더 괜찮겠지.'

상처 부위에 천천히 포션을 부은 이후에 천천히 발을 매만지기 시작하자 확실히 귀가 파닥거리는 게 보인다.

최대한 숨을 참고 있었지만 부끄럽기는 한 모양. 조금 과민반응하는 것 같은 얼굴을 보니 엘프족 여성에게는 발을 보이는 게 굉장히 부끄럽게 여겨지는 것 같았다.

'엄청 작네.'

본인이 가지고 있는 신체에 비해 발이 조금 작은 듯한 느낌. 어떻게 여겨질지는 모르겠지만 일단은 최선을 다해 그녀의 발을 치료할 수밖에 없었다.

기왕 하는 김에 종아리 쪽으로 손을 올렸지만 크게 당황하거나 저항하지는 않았다. 오히려 고개를 끄덕이는 것을 보니 괜찮다는 표현인 것 같았다.

"근육도 함께 풀어드리는 게 좋을 것 같습니다."

"네? 아…… 네. 그러실 필요는……."

"아마 근육의 피로를 푸는 데도 효과가 탁월할 겁니다. 자랑하는 건 아니지만 제가 만든 포션은 여러 가지 효능을 가지고 있으니까요. 그 상태로 조금만 계시면 괜찮아질 테니 기다릴 동안 짧게 식사라도 하는 게 좋겠군요."

"네."

"받으세요, 엘레나 님."

"아뇨. 이렇게까지는 필요 없습니다. 저보다는 명예추기경님께서 드시는 편이……."

"저는 익숙합니다. 오히려 이럴 때는 많이 먹지 않은 편이라. 아까 먹은 것으로도 충분히 배가 부릅니다. 빨리 받으시죠. 보잘것없는 식사지만 짧게나마 허기를 달랠 수 있을 겁니다."

"가, 감사히 먹겠습니다."

"그렇게 말씀하실 필요 없습니다."

살짝 웃어주는 것으로 마무리. 마지못해 내가 넘긴 것을 받아 든 엘레나의 얼굴이 눈에 보인다. 이렇게 도움만 받아도 되는지 죄책감에 휩싸인 얼굴이기도 했지만 묘하게 기뻐하는 얼굴이기도 했다.

'생각보다 너무 잘 풀리는 있고요.'

예상보다 차도가 빠른 게 의아하게 느껴지기는 했지만 꼭 이상하게 생각할 필요는 없다고 생각했다.

괜히 액션 영화나 공포 영화에 등장하는 커플이 클라이막스를 키스로 장식하는 게 아니다. 더 절박하고 더 위험한 상황일수록 호감을 느끼기 쉽다는 거다.

그게 긴장에 의해 빠르게 뛰는 심장 때문인지 아니면 정말로 가슴 속에서 우러러 나오는 것인지는 나도 잘 모르겠지만 눈앞에 있는 이 순진한 엘프는 정체를 알 수 없는 계시에 매달려 있는 상태.

부자연스러운 행동은 아니라고 생각했다. 이곳에서 조금 신경 써주는 것으로 호감을 얻는다면 당연히 이득. 원정대가 살라트가 있는 곳까지 도착한 이후에 맞부딪친 이후에는 곧바로 내 몸을 회복시키는 이벤트가 시작될 테니 미리미리 신경 쓰는 게 좋다.

'오고 있는 거 맞겠지?'

육포를 씹으면서도 불안한 마음이 살살 드는 것은 당연지사.

혹여나 원정대가 사고를 맞이했을 때를 대비해서 녀석의 심장으로 향하고 있기는 하지만 일이 잘 해결될지는 미지수다.

외부뿐만이 아니라 내부도 단단한 녀석. 용 숨결 물약으로 대미지를 입힐 수 있을지조차 확언할 수 없다.

'이 여자도 공격력이 높아 보이지는 않고……'

뭐가 됐든 간에 안주하면 죽는다는 것은 변함없는 사실이다. 당장 놈의 위장에서는 빠져나왔지만 다른 기관에 있다고 하더라도 분해되지 않는다는 보장은 없으니까.

내 손을 잡은 엘레나의 몸이 바들바들 떨리는 느낌을 받은 것은 바로 그때였다.

'얘 왜 이래?'

조금은 긴장하고 있는 듯한 얼굴. 혹시나 무슨 상황이 터진 건 아닌지 하는 걱정이 들기는 했지만 그런 얼굴은 아니다.

뭔가 굉장히 물어보고 싶다는 듯 입술을 오물거리고 있었지만 쉽게 말을 꺼내지 못하고 있는 듯한 느낌. 혹시나 또 화장실을 가고 싶다고 말하는 것은 아닌지 기다렸지만 들려온 것은 전혀 의외의 이야기였다.

"저…… 명예추기경님."

"네."

"혹…… 혹시 말입니다."

"네. 엘레나 님."

"명예추기경님과 정하얀 님은 그…… 어, 어떤 관계이신지……."

'얘 봐라.'

드디어 물어봤다는 듯이 입술을 꽉 깨물고 나를 바라보고 있다. 홍당무처럼 붉어진 얼굴.

'요 당돌한 것 봐라.'

어쩜 이렇게 내가 기다리고 있는 말을 해줬는지 귀엽게 느껴진다. 한쪽으로는 일이 꼬였지만 다른 한쪽으로는 일이 잘 풀리고 있는 듯한 느낌. 조금 불안한 것처럼 보이기도 하는 엘레나를 보며 나는 환한 미소를 보내며 입을 열었다.

"사랑하는 사람입니다."

"살아 있을 거요. 누님도 분명히 살아 있다고 이야기했으니까. 분명히 살아 있을 거요. 암! 그렇고말고."

"……."

"거…… 표정 좀 푸쇼. 무, 물론 나도 걱정되는 건 마찬가지지만 누님이 그렇다고 이야기했으니까. 분명히 무사할 거라니까! 형님이 거, 옛, 옛날부터 바퀴벌레 같은 면이 조금은 있었다는 거 아니요. 우리 형님은 사막에 혼자 떨어져도 살아남을 사람이요. 지금까지 살아 있다는 건 틀림없이 뭔가 방법을 찾았다는 증거나 다름없으니까……. 틀림없다니까? 무조건 무사할 거요. 무조건. 아암. 그렇고말고."

"……."

괜스레 침을 꿀꺽 삼켰다. 침울한 분위기가 느껴졌기 때문이다. 모두들 평소 같지 않다. 계속해서 괜찮다는 듯 입을 열고 있었지만 어딘가 불안해 보이는 박덕구 님의 모습도 그랬고 평소답지 않게 멍한 표정을 유지하고 있는 선희영 님도 그랬다.

물론 가장 다른 모습을 보여주고 있는 것은 파란의 길드마스터 김현성. 누가 봐도 쉽게 다가가기 힘든 분위기였다. 최대한 억누르고 있는 것 같기는 했지만 그럼에도 불구하고 몸을 비집고 나오는 살기 때문에 주변이 일그러져 보일 정도였다.

'저런 모습을 본 적이 있었던가.'

최소한 기억에는 없다. 물론 나는 주로 정하얀 님과 부길드마스터와 함께 다녔기에 길드마스터와는 대화를 나눌 시간은 없었지만, 저런 모습을 보여준 적이 없다는 것 정도는 알고 있다. 동기인 유아영이나 창렬 오빠에게 들어왔으니까.

평소에 무표정으로 보내는 시간이 많았지만 부길드마스터나 조혜진 님과 이야기를 나눌 때는 간혹 미소를 짓기도 했고 자신이 길드에 막 입단했을 때에는 웃음으로 마주했던 것으로 기억한다.

'입을 닫아버리는구나.'

화가 머리끝까지 치솟았을 때는 입을 꾹 다물어버리는 모양. 이틀 전부터 지금까지 한 마디도 내뱉지 않은 것을 보면 단순히 화가 났다는 수준을 넘은 것이 분명하리라. 이번 원정에서는 제법 많은 모습을 본다고 생각할 수밖에 없었다.

"죄송합니다. 다시 한번 거듭 사과드리겠습니다."

"……."

"뭐라고 드릴 말씀이 없습니다."

"……."

심지어 엘프 쪽의 리더와도 말을 섞지 않고 있으니 어느 정도로 분노했는지 알 수 있다.

그럴 만도 하다고 생각했다. 그 누구에게 사고의 책임이 있다고 하기에는 힘들지만 굳이 몇 명을 꼽자면 부길드마스터와 엘프 공주가 타고 있는 가마를 지키던 엘프들이었으니까.

회피하라는 명령을 무시한 채 검을 뽑아 든 것은 엄연히 그들의 잘못이다. 아마 보잘것없는 자존심 때문이었을 거라고 생각했다.

'멍청해.'

종류는 다르지만 마치 예전 내 모습을 보는 것만 같다는 건 굳이 말할 필요가 없다.

부길드마스터의 침식 속도가 빨라진 이후, 원활한 공략을 위해 엘리오스를 제외한 다른 엘프들이 후방 경계를 맡은 것은 물론 구경꾼 신세가 되었으니 자신들도 뭔가를 할 수 있다고 보여주고 싶었던 것이리라.

문제는 그들이 상대해야 했던 게 이 던전의 네임드 몬스터였다는 것. 땅속에서 튀어나와 가마를 삼키고 몸을 내뺄 거라고는 그 누구도 예상하지 못했다.

계속해서 허리를 숙이는 우두머리 엘프의 가까이 다가간 조혜진 님이 입을 여는 것이 시야에 비쳤다.

"길드마스터께서는 현재…… 상심이 크신 것 같아 원정 내용에 관해서 의견을 주고받으실 상태가 아니신 것 같습니다. 중요한 이야기나 원정에 관련된 이야기라면 제가 직접 말씀을 전하거나 할 수 있는 내에서 합의점을 찾아볼 수 있도록 하겠습니다."

"죄송합니다."

"다시 한번 말씀드리지만 엘리오스 님이 사과하실 일이 아닙니다. 그리고 엘레나 공주님 역시 함께니……. 지난 일에 대한 질책보다는 최대한 서둘러 네임드 몬스터가 있는 곳으로 진입하는 게 최우선 과제일 것 같습니다. 휴식 시간은 최소한으로, 길드마스터를 중심으로 최대한 빠르게 돌파하겠습니다."

"그럼 앞으로는……."

"주어진 보급품의 범위 안에서 틈틈이 개인적으로 식사를 해주시고 수면 시간 역시 줄이도록 하겠습니다. 한시가 급하니까요."

"네. 알겠습니다."

'살아 있을 거야.'

다른 사람이면 몰라도 부길드마스터가 그런 곳에서 죽는다는 건 상상하기 힘들다.

실제로도 살아 있기는 했지만…….

'그 인간이 죽을 리가 없지.'

절대로 그렇게 죽을 사람이 아니다. 물론 그렇게 죽어서도 안 된다. 만약 부길드마스터의 몸에 해라도 생긴다면 조용히 중얼거리고 있는 저 사람이 가만히 있지 않을 테니까.

보는 것만으로도 온몸에 소름이 돋을 지경. 자꾸만 다리가 후들거려 애써 다른 곳을 쳐다보려고 했지만 그 생각을 행동으로 옮기는 것 또한 괜스레 조심스러워진다.

조용히 고개를 숙이고 있는 그는 누가 봐도 정상이 아닌 거라는 걸 알 수 있다. 계속해서 뚝뚝 눈물을 떨어뜨리고 있었고 어딘가 불편한 듯이 표정을 찡그리고 있다. 만약에 정말로 부길드마스터에게 무슨 일이 생긴다면 지금 쌓아두고 있는 분노의 화살이 불특정다수를 향하게 될지도 모른다. 그리고 그건 절대로 일어나서는 안 되는 일.

싸늘한 표정으로 엘프 쪽의 진영을 힐끔거리는 정하얀 님을 보며 갑작스레 이전에 있었던 일이 생각나 몸을 움츠릴 수밖에 없었다.

"사랑하는 사람입니다."

'그야 물론 사랑하고말고.'

가끔 정신을 놓으며 돌이킬 수가 없는 게 문제이기는 하지만 싫어하느냐 좋아하느냐를 묻는다면 당연히 좋아하는 쪽이다.

1회 차 가면 쓰레기에게서 지켜주지 못했다는 죄책감도 가지고 있고 2회 차에서의 일 역시 일말의 책임감 정도는 느끼고 있다. 나를 생각해 주는 것도 마음에 들고 최근 행보는 제법 귀엽게 느껴지기까지 한다.

'이 정도면 사랑이지, 뭐.'

물론 최대한 내 말에 신뢰감을 주기 위한 메소드 연기를 펼치기 시작한 것은 당연. 어째서 엘레나가 이런 걸 물었는지 답을 이미 알고 있기 때문이다.

아마 엘레나 역시 정답을 알고 있을 것이다. 애초에 여신의 거울로 그 장면을 봤다면 나와 정하얀을 그저 사이좋은 오빠 동생이라고는 생각하기 힘들 것이다. 지금 굳이 이걸 물어온 이유는 그녀 자신이 내 입으로 확인받고 싶기 때문이라 생각할 수밖에 없었다.

'뻔하지 뭐.'

"그, 그렇군요. 역시……."

"네. 처음 만났을 때도 지금 같은 상황이었을 겁니다. 그때는 지금처럼 단둘은 아니었지만 던전 안에서 우연히 마주쳤었죠."

"아……."

확연히 어두워지는 얼굴을 보니 표정 관리하는 법은 배운 적 없는 모양이다. 귀가 파르르 떨리고 있다는 게 바로 그 증거다. 어느 정도까지 넘어온 건지는 아직 가늠할 수 없지만 이런 질문을 해왔다는 것 자체가 그녀가 흔들리고 있다는 것을 말해준다.

머릿속이 얼마나 복잡할지 이쪽은 종잡을 수조차 없다. 여러 가지 떡밥을 뿌려 던지기는 했지만 어디까지나 감내하는 것은 그녀의 몫. 계시라는 소재가 들어간 것이 신의 한 수였다.

마음고생 하고 있을 엘레나를 떠올리자 나도 모르게 양심이 콕콕 찔려오기는 했지만 이미 쏘아 올린 공을 다시 잡을 수 있을 리 만무하다.

나는 네가 왜 이런 걸 물어오는지 모르겠다는 얼굴을 하고 있기도 힘들다.

'연기하는 것도 쉽지 않네.'

하지만 적성에는 맞는 것 같다. 다시 한번 입을 여니 천천히 이쪽을 바라보는 얼굴이 눈에 보이기 시작. 물론 아직도 귀는 떨리고 있다.

"부족한 제 옆에 항상 있어주니 고맙기도 하고 미안하기도 합니다. 그때부터 쭉 함께였지만 마땅히 해준 것도 없고 오히려 많은 도움을 받았습니다. 하하."

"그렇군요……."

"웃는 모습이 굉장히 귀엽고 가끔은 화난 모습을 보일 때도 있는데 그마저도……."

"네. 저, 정하얀 님은 무척 아…… 름다우시죠. 영혼 역시 사랑이 흘러넘치시고요."

"그래서 그런지는 모르겠지만 덕분에 가끔 그런 생각을 해보기는 합니다."

"네?"

"운명일 수도 있겠다는 생각 말입니다. 혹시 엘레나 님께서는 그런 생각을 해보지는 않으셨습니까?"

"정확히 어떤 생각을 말씀하시는지."

"신께서 미리 저희의 운명을 점지해 주신다는 것 말입니다."

"무, 물론입니다. 저 역시 계시를 받고……."

"하하. 제가 말씀드리는 건 엘레나 님이 말씀하신 거창한 이야기와는 조금 다릅니다. 물론 비슷하다면 비슷하다고 할 수 있겠지만 엘레나 님이 생각하시는 것과는 확연히 다릅니다.

조금 보잘것없을지도 모릅니다만…… 대륙에 얼마나 많은 이방인과 대륙민이 살고 있는지를 떠올려보면 괜스레……."

"네."

"사람과 사람 사이에 운명이라는 것 말입니다. 제게 있어서는 하얀이와 만난 일이 그렇게 느껴집니다. 수많은 사람 중, 그녀를 만나고 또 좋은 인연을 만들 수 있었던 건 분명히 우연이 아닐 겁니다."

"……."

"제가 온 곳에서는 이런 소리가 있습니다. 사람과 사람 사이는 붉은 실로 연결되어 있다고요. 아마 그녀와 저는 붉은 실로 연결되어 있을 겁니다. 틀림없이요."

"네…… 네……."

엘레나의 표정이 한층 더 어두운 것은 바로 그때였다. 딱히 뭐라고 표현하기는 뭐하지만 무언가 죄악감에 휩싸인 느낌. 조금 짜증을 내는 것 같기도 하고 기분이 나쁜 것 같기도 했다.

무엇보다 중요한 것은 그녀가 마이너스한 에너지를 보내고 있는 것 같다는 것. 그동안 한 번도 본적이 없었던 표정이다.

'성공하고 있다고 봐도 되는 건가.'

그녀가 조심스럽게 입을 연 것은 바로 그때.

"그, 그렇지만. 무, 물론 그럴 수도 있겠지만."

"예."

“그런 문제는 조금 더 신중하게…… 생각해야 된다고 생각합니다. 시, 신의 뜻이라는 건 그렇게 함부로 판단할 수 있는 게 아닙니다.”

“아, 이거 죄송합니다, 엘레나 님. 혹시나 제가 실례되는 말씀을 드린 것은 아닌지……. 다소 민감한 내용이었다면 진심으로 사과드리겠습니다. 엘룬 님의 교리에 대해서는 제가 제대로 알지 못하는 터라.”

“아닙니다! 그렇지 않습니다, 이기영 님. 네, 그렇지 않습니다. 제 말은 그런 것이 아니오라…… 교리와 다르다는 것이 아니오라……. 무, 물론! 정하얀 님과 이기영 님과의 관계를 믿지 못하는 건 아닙니다만 저는 혹시나 이기영 님께서 신의 뜻을 왜곡하실까 걱정돼서…….”

장담컨대 나보다는 그녀가 신의 뜻을 왜곡해서 해석하고 있을 것이다.

“아, 그렇군요.”

“저 같은 경우에는 지, 직접 신의 목소리를 들었습니다.”

“그게 정말이십니까?”

“네. 분명히 전해 들었습니다. 그렇기 때문에 확신해서 말씀드릴 수 있었던 겁니다. 하, 하지만 이기영 님께서는 저와는 조금 다, 다르지 않습니까? 다른 이들에게 베니고어 여신님의 뜻을 전파하는 입장에 계시는 만큼 이런 문제에 대해서는 조금 더 신중하게 생각하셔야 하지 않을까 싶어……. 혹시나 하는 마음에 말씀드린 겁니다. 죄, 죄송합니다. 제가 너무 그…… 제가 건방졌다면……."

"아닙니다, 엘레나 님. 그렇지 않습니다. 좋은 말씀 감사합니다. 엘레나 님의 말씀이 맞습니다. 조금 경솔했습니다. 신의 뜻을 왜곡해서 일어난 종교적 사건들을 생각해 보면 우려하시는 것도 무리가 아니지요."

"네. 네! 그, 그것 때문에 드리는 말씀입니다."

아직도 제법 표정이 어둡다. 횡설수설 말하고는 있지만 결국 그녀의 말이 뜻하는 바는 그거다.

'정하얀과 내 만남은 운명이 아니라는 거네.'

이렇게 저렇게 말을 돌려 이야기했지만 핵심은 그걸 말하고 있는 것이 틀림없으리라. 제법 귀여운 사고방식. 내 눈에는 조심스레 의도한 대로 와주는 게 귀엽게 비쳤지만 그녀는 말로 형용하기 어려운 죄악감에 휩싸여 있었다.

'바로 그거야.'

쓰레기가 되는 방법은 간단하다. 자기 자신이 쓰레기라는 걸 인지하고 그 죄악감을 그대로 받아들이는 게 첫 번째다. 그걸로 죄악감을 느끼든 자신의 행동을 후회하든 우선순위는 깨닫는 것이 중요하다는 거다.

물론 이것으로 끝이 아니다. 엄연히 그다음 챕터도 존재한다. 이 경우에는 조금 더 쉽다.

'합리화하게 되거든.'

인간이나 엘프나 다르지 않다. 생각하는 모든 동물은 자신의 잘못된 행동을 합리화하게 되어 있다.

순진한 엘레나 공주처럼 잘못이나 부정적인 에너지에 익숙하지 않은 사람일수록 더욱더.

100장
엘론 쓰레기

물론 내 말이 전부 옳다는 건 아니다. 사실 이건 내 개인적인 견해에 불과하다. 사람마다 케이스는 확연히 다르니까. 자기 자신이 가지고 있는 부정적인 행동을 받아들이고 진심으로 참회하는 사람들도 분명히 존재한다.

'본 적이 없어서 문제지만…….'

대륙이나 지구 어딘가에 존재하기는 할 것이다. 애초에 성악설을 믿는 이쪽은 후자보다는 전자가 설득력이 높게 느껴진다.

물론 그녀가 후자의 타입에 있다고 하더라도 나는 그녀가 전자다운 행동을 할 거라 믿는다. 후회할 행동을 한다는 것 자체가 이미 글러 먹었다는 증거였으니까. 진짜 성인은 애초에 후회할 일을 만들지도 않는다.

'아암. 그렇고말고.'

내가 기대한 것처럼 금방 달라진 모습을 보여주지 않고 있었지만 이쪽을 바라본다거나 혹은 속으로 복잡한 생각을 하고 있다는 기색을 내비칠 때마다 어느 정도는 효과가 있었다는 걸 인정할 수밖에 없었다. 그녀의 양심에게 응원을 보낸 것은 당연지사.

'이제 그만 버틸 때도 됐다. 화끈하게 포기해라!'라든가, '이제 그만 쓰러져라. 엘레나의 양심아!' 같은 응원이었다.

에베리아 왕국에 남은 마지막 양심답게 저항이 꽤 거칠기는 하지만 얼마 지나지 않아 무너질 거라는 걸 확신할 수 있었다.

이곳에서 지내는 시간이 길면 길수록, 그녀와 내가 가까워지면 가까워질수록 엘레나는 현명한 선택에 한 발 더 내디딜 것이다.

그날로부터 하루하고도 약간의 시간이 더 지날 때까지 엘레나는 제법 말을 조심하게 됐다.

사실 나는 그녀와는 정반대였다. 은근슬쩍 정하얀의 이야기를 주도한 것은 당연지사. 물론 그녀가 민감해할 운명이니, 계시니 하는 말을 직접적으로 내뱉지는 않았지만 그런 뉘앙스의 대화를 진행했다. 그녀 입장에서는 상당 부분 찝찝할 수도 있는 이야기였을 것이다.

그 덕분인지는 모르겠지만 살라트의 내부 탐험을 하는 와중에도 엘레나는 점점 더 내게 달라붙어 오고 있는 중. 솔직히 개인적으로 준비한 다른 일련의 작업들은 전부 필요 없게 느껴질 정도였다.

물론 엘레나가 티가 나게 나에게 추파를 뿌려댔다는 뜻은 아니다. 현재 처한 상황이 그럴 수 있는 상황도 아니었고 무엇보다 엘레나 자체가 그럴 만한 용기가 있는 사람은 아니었으니까.

저쪽은 먼저 유혹하기보다는 상대를 계속해서 기다리는 쪽이다. 하지만 그녀가 원하든 원치 않든 관계는 급속도로 가까워졌다. 항상 손을 잡고 돌아다니는 만큼, 여러 가지 행동을 함께하는 만큼 스킨십 같은 것은 불가피하다. 심한 경우에는 생리현상을 해결할 때도 함께 있어야 할 정도였으니 말 다했다고 보는 것이 맞다.

실제로 내가 엘레나에게 정이 갈 정도였으니 그녀가 나를 얼마나 의지하고 있는지에 대해서는 굳이 설명이 필요 없으리라.

혼자서는 생존할 수 없는 최악의 상황에서 서로가 서로를 의지하는 것은 너무나도 당연했다. 어떻게 보면 모든 배경과 상황이 엘레나 러브 이기영 운명론에 힘을 실어주고 있다 해도 무리는 아니다.

점점 더 나와 그녀가 극한의 상황에 마주하며 함께 어려움을 헤쳐 나가는 만큼 그녀의 입장에서는 내가 밀고 있는 정하얀 이기영 운명론을 부정하고 싶어질 것이다.

생각대로 그녀가 정하얀에 대한 이야기를 시작한 것은 그날로부터 하루가 채 지나지 않아서였다. 그녀는 자기 자신 안에 있는 부정적인 에너지를 부정하는 대신 합리화하고 받아들이기 시작했다. 어떤 식으로 합리화했는지에 대해서는 알 수 없었지만 조금만 생각해 봐도 답이 나온다.

어쩔 수 없는 거야, 혹은 이게 올바른 길이야.

아직까지 얼굴에는 죄악감이 남아 있기는 했지만 처음에 비한다면 장족의 발전이었다. 아직 어색하기는 했지만 엘레나 200년 인생을 통틀어 처음 타인을 음해하기 시작한 것이다. 물론 그 방법이 너무 하수처럼 보여 귀여워 보였을 정도다.

아니나 다를까 옆쪽에서 굉장히 거친 숨소리가 들려오기 시작. 고개를 돌리자 못된 마음을 먹은 엘프의 얼굴이 눈에 들어왔다. 귀를 연신 움찔거리는 것을 보니 슬슬 시동을 걸 생각인 모양이다. 이미 우리가 있는 위치 따위는 안중에도 없다. 이 여자에게 중요한 건 그게 아니다.

"저, 명예추기경님."

"네, 엘레나 님."

"여, 역시 정하얀 님께서는 조금 질투가 심하신 겁니까?"

뜬금없이 이딴 걸 물어보는 것 자체가 이미 하수라는 증거라는 거다. 여우 짓도 재능이 있어야 한다는 걸 깨닫는 순간.

어색한 연기에는 기가 찼지만 이쯤에서 한 번 속아 넘어가

주는 게 내가 해야 할 일이다. 긍정의 뜻으로 고개를 끄덕이자 다시 한번 귀가 움찔거려왔다.

“사실 조금 심한 정도가 아닙니다. 저번에도 말씀드린 것처럼 사실 다른 여성과 대화를 나누는 것 자체를 달가워하지 않습니다. 물론 그런 모습도 귀엽게 비치기는 하지만 부담이 되지 않는다면 거짓말이겠죠. 애초에 조금 익숙하지 않습니다.”

“그, 그렇군요. 역시 질…… 투심이 많은 여성보다는 이해심이 너, 넓은 여성이 더 이상형이라 생각하시는 건지…….”

‘그건 이지혜 사고방식이다, 야.’

“꼭 그렇지는 않습니다. 기냐 아니냐를 설명하자면 당연히 이해심이 넓은 쪽이 좋다고 할 수 있겠지만…… 아무래도 여러 사람을 만나는 만큼 이성, 동성의 만남을 구분 지을 수는 없으니까요.”

“역시 그렇군요.”

“네. 한데 그건 왜?”

“아, 아무것도 아닙니다. 딱히…… 그저 제가 정하얀 님의 영혼을 마주했을 때 느껴졌던 것이 생각나서 말입니다.”

“저번에는 분명히 사랑으로 가득 찬 영혼이라고…….”

“무, 물론 정하얀 님께서는 사랑으로 가득 찬 영혼을 가지고 계시지만 미처 말씀드리지 못했던 부분도 존재합니다. 순수하지만은 않은…… 영혼이라고 말씀드리는 게 좋을지……. 자세하게 언급하기는 어렵지만 분명히 이기영 님께서 모르는 부분이실 겁니다."

'제대로 때려 맞혔네. 돗자리 펴라.'

"혹시나 하얀이도 악마에게 영향을……."

"아니요. 그렇지 않습니다. 네. 그렇지는 않아요. 그, 그건 오롯이 정하얀 님의 본성이라……."

"그렇군요. 처음 봤을 때부터 느꼈지만 정말로 신기합니다. 타인의 영혼을 느낄 수 있다는 건…… 어떻게 보면 불행이라고 생각할 수도 있겠군요. 아! 혹시 서로 잘 맞는 영혼들도 구별할 수 있는 겁니까? 예를 들면 영혼의 파장이 잘 맞는다거나 서로 궁합이 좋다거나."

"물론입니다. 아주 딱 들어맞는다고는 할 수 없지만…… 어느 정도는 알 수 있습니다."

"그럼 저와 하얀이는 어떻습니까?"

순간적으로 들어온 질문에 고민하는 저 얼굴이 정말로 재미있다. 현재 내가 처해 있는 힘든 상황을 응원이라도 해주는 것 같은 느낌. 찔려오는 양심과는 반대로 괜스레 가슴은 두근거린다. 조용히 눈치를 살피는 순진한 엘프의 모습은 가관. 하지만 결국에는 눈을 꽉 감고 입을 여는 모습이 시야에 비쳤다. 이번에도 그녀는 양심을 버리는 것을 선택했다.

"실망할지도 모르시겠지만…… 그다지 좋지는 않습니다.

네. 정확히 말씀드린다면 안 맞는다고 말씀드리는 게…… 맞을 것 같습니다."

"아…… 그렇습니까?"

"네, 정확…… 합니다."

일을 저지르고 난 이후에야 어두워지는 얼굴은 더 중독성 있다. 순간적인 욕심을 참지 못하고 일을 저지른 일을 후회하고 있는 것 같았다.

물론 그녀가 후회하지 않게 도와주는 게 이쪽의 역할. 자신의 양심을 배신한 결과가 고통이 아닌 즐거움으로 다가올 수 있다는 사실을 그녀는 알아야 한다. 그래야만 일류 쓰레기에 한 발 더 가까워질 수 있다.

"실례되는 말씀입니다만 그렇다면 저와 엘레나 님은 어떻습니까?"

"네?"

"죄송합니다. 이건 제가 조금 무례한……."

"아닙니다. 네. 그런 표현을 한 게 아닙니다. 저는 단지 조금 놀라서…… 네. 다, 답을 드려야지요."

"……."

"부끄럽습니다만 있는 그대로 말씀을 드리자면……."

"네."

"영혼의 파장은 굉장히 잘 맞는 것 같습니다. 네. 궁합이 좋나 좋지 않냐를 물어보시는 거라면 단연코 좋습니다."

"정말입니까?"

"네. 거짓 하나 없는 진실입니다."

나를 처음 봤을 때 안에 있는 것을 시원하게 게워낸 건 이제 기억 속에도 존재하지 않는다.

아, 헐레벌떡 받아드는 꿀을 핥아 먹는 모습이 제법 재미있다. 하지만 이 정도에서 끝난다면 조금 아쉬운 것이 사실. 그녀의 입장에서는 아마 조금 더 받아먹고 싶을 것이다. 마음속에서 일어난 죄책감에 발라야 할 연고도 좀 필요할 테고 마실 물도 조금 필요할 것이다.

"엘레나 님의 말씀대로라면 혹시 엘룬 님께서 내려주셨다는 계시가 전혀 다른 내용일 수도 있겠습니다. 하하하."

"네?"

"아! 아무것도 아닙니다."

"……."

"그럼 슬슬 다시 이동해야 되겠군요. 기왕이면 하루 더 묵어가고 싶지만 심장까지는 아직 얼마 남지 않았으니까요. 조금만 더 힘을 냅시다."

"명예추기경님, 그보다 아까 해주신 말씀은……."

"하하. 정말로 아무것도 아닙니다. 그저…… 갑자기 생각나 드린 말씀이었습니다. 현재 저희가 처해 있는 상황도 상황이니까요."

"하지만……."

"나중에 말씀드리겠습니다."

은근슬쩍 아련한 눈빛을 발사. 마찬가지로 엘레나의 눈 역시 아련함을 한 스푼을 더하기 시작한다. 하지만 계속해서 이야기를 이어나가지는 않았다. 부수적인 이야기도 이야기였지만 이곳에서 빠져나가야 한다는 입장 자체에는 변화가 없다.

"네."

"아마 내일이면 주요 기관이 있는 쪽에 도착할 것 같습니다. 물론 제 추측이 옳다는 가정하에 드리는 말씀입니다만……."

"아마 생각하시는 바가 맞으실 겁니다. 이곳까지도 별 탈 없이 도착할 수 있었으니까요. 한데 만약 주요 기관 쪽에 도착하시면……."

"제가 가지고 있는 물약이나 엘레나 님의 신성력이 효과가 있을지는 모르겠지만 시도는 해봐야 될 것 같습니다. 보통 외부의 공격보다는 내부의 공격에 취약할 테니까요. 언제 일행이 도착할지 모르니 준비는 미리미리 해놔야겠지요."

"역시…… 계속 연금술을 공부하신 것도 전부 그 연유 때문이었군요."

"네. 맞습니다. 아무래도 지금까지와 같은 방법으로는 힘들 것 같아서 말입니다. 전에도 베니고어 여신님께 새로운 힘을 얻기도 했지만 병상에 누워 있느라 제대로 활용하지 못했습니다."

"역시 이기영 님께서도…… 신탁을 받으셨군요."

"아, 제가 말씀을 드리지 않았나 보군요."

"네."

"일개 연금술사에 불과하지만 여신님의 배려 덕분에 과분한 힘을 얻었습니다. 문제는 이 힘을 어떻게 사용해야 하는지 감이 잡히지 않아서……."

"어! 어쩌면 제가 도움이 될 수도 있을 것 같습니다."

'네가 무슨 수로?'라는 생각이 제일 먼저 들어와 꽂힌다. 하지만, 문뜩 그녀의 얼굴을 살펴보니 어쩌면 정말로 도움이 될 수도 있겠다는 생각도 든다.

'이거…….'

어쩌면 정말로 가능할지도 모른다.

'이거 정말 선물인 거 아니겠지?'

그녀가 받았다는 계시를 생각하니 한 번 더 고개가 끄덕여지기 시작. 어쩌면 엘레나는 엘룬이 내게 준 선물일지도 모른다. 만약 내 가정이 맞다면 조금 더 즐거워지는 상황이다. 엘룬 이 자식이 생각보다 더 비정한 놈이라는 사실을 깨달은 것은 당연지사.

'키야. 이 자식도 진짜 쓰레기네.'

설마하니 자신의 딸을 넙죽 넘겨줄 줄은 상상도 하지 못했다. 생각해 볼수록 그럴듯하다. 아마 엘레나가 생각하는 계시와 내가 생각한 결론은 거리가 멀겠지만 그녀가 받은 계시는 나를 치료하라는 종류임이 틀림없을 터.

나 역시 그 정도의 내용이 끝이라고 생각했다. 시스템이 내려준 직업, 빛의 연금술사와 엘레나 와의 관계에 연관성이 있다는 가정은 상상해 보지도 못했다.

'생각하지 못하는 것도 당연하지. 누가 이걸 상상이나 했겠어?'

전설 등급의 직업 엘룬의 수호자. 유일무이의 하이엘프.

단순히 수식어로 설명하자면 짧게 표현할 수 있을 것 같지만 하이엘프와 신의 사도라는 이름이 가지는 무게는 절대 가볍지 않다. 세계수에서 흘러나오고 있는 마력의 영향을 받아 태어난 존재가 하이엘프라는 것을 생각해 보면 더욱더 그렇다.

애초에 세계수 자체가 준신화 등급의 힘을 가지고 있다고 생각하는 것이 맞다. 현재 우리를 삼키고 있는 악마를 현세에 머물도록 유지하고 그것으로도 모자라 에베리아 왕국 전체를 감싸고 있었으니까.

그 세계수의 영향을 받고 엘룬에게까지 선택받았단다. 존재 자체만으로 전설 등급 이상의 판정을 받아도 전혀 이상하지 않다는 거다.

말하자면 그녀는 엘룬의 딸이며 엘룬의 분신. 엘룬이라는 작자가 소중하게 키운 자신의 딸을 넙죽 넘기는 것을 상상하지 못하는 건 당연하다.

'이 새끼가 이렇게 비정한 쓰레기일 줄이야 누가 알았겠어.'

초월적인 존재도 완벽하지 않다는 건 이미 알고 있는 이야기. 하지만 나와 비슷한 사고방식을 가지고 있는 것으로도 모자라 딸까지 팔아먹는 쓰레기도 위에 있을 줄이야. 생각지도 못했다. 악마라고 봐도 모자람이 없는 자식. 이 정도면 엘레나가 불쌍하게 느껴질 지경이다.

'비정한 쓰레기.'

단언컨대 녀석 같은 쓰레기는 지상에도 흔하지 않으리라.

물론 녀석이 어떻든 간에 이쪽과는 하등 상관없다. 오히려 환영하고 싶다. 정황이야 어떻게 됐든 나에게 이득이라면 과감히 받아들이는 게 맞다.

어차피 초월적인 존재 역시 내가 김현성에게 더 도움이 되기를 바라는 의미로 선물을 던진 것이 분명. 이후에 무슨 일이 일어날지에 대해서는 아직 모르겠지만 녀석들이 펴주는 것에도 전부 이유가 있을 것이다.

일단 이번 일로 알 수 있는 한 가지는 시스템을 관장하는 이들이 한 놈이 아니라는 것. 대륙에서 신이라고 불리는 놈들이 하늘 위에서 우리를 내려다보고 있을 가능성이 크다.

'엘룬 이 쓰레기도 시스템에 영향을 끼칠 수 있는 거구나.'

당연히 이 모든 건 내 상상이다. 아직 정확한 것은 정해지지 않았다. 하지만 확실한 것 하나는 나와 김현성이 녀석들의 비호를 받고 있다는 것. 자신의 딸을 가져다 바칠 정도니 거의 무조건적인 호의라 생각하는 것이 옳다.

'이딴 걸 도와주지 말고 지금 내가 처해 있는 상황이나 도와주지.'

물론 아쉬움에 터져 나오는 불평불만. 지금까지의 정황으로 볼 때 초월적인 존재들이 인간의 죽음이나 삶에 크게 관여할 수 없다고 생각하는 게 맞다. 정말로 불가능할지는 모르겠지만 적어도 엄청난 페널티를 부과한다는 건 부정할 수 없는 사실.

아무튼 확실한 것은 초월적인 존재가 나와 김현성의 사이가 갈라지는 것을 원하지 않는다는 것, 그리고 엘레나가 빛의 연금술사가 사용하는 연금술의 촉매가 될 가능성이 있다는 것.

후자가 사실이라면 소리를 질러야 함이 옳다. 계속해서 히죽거리며 엘레나를 바라보자 무슨 영문인지 나를 올려다보는 그녀의 얼굴이 시야에 비쳤다. 뭔가 흠칫 하고 몸을 잠깐 떤 것 같기는 했지만 그래도 기분이 좋은 것 같았다.

"혹시 하고 싶은 말이라도 있으신지요."

"방금 전에 도움을 주시겠다는 말씀이 생각나서 말입니다."

"네. 당연히 도움을 드릴 수 있습니다. 제가 할 수 있는 일이라면 무엇이든지 하겠습니다."

"조금 어려운 일이 될 수도 있습니다만 괜찮으실지 모르겠습니다. 어쩌면 굉장히 실례되는 부탁일 수도……."

"신경 쓰지 않으셔도 됩니다. 제가 할 수 있는 일이라면…… 최선을 다해보겠습니다."

순진하게 고개를 끄덕이는 모습이 시야에 들어왔다. 설마 자신이 연구대상이 될 거라고는 상상도 못 하는 모양.

사실 그녀의 동의가 중요한 것은 아니다. 만약 내 추측이 맞다면 이건 시도해 봐야 하는 일이 아니라 해야만 하는 일이었으니까.

그래도 기왕이면 살살 구슬리는 게 조금 더 일하기 편하다. 상황도 상황이었고 그녀가 어떻게 나에게 협력해 주느냐에 따라 연구에 질이 달라질지도 모른다. 어떻게 들릴지는 모르겠지만 일단 본론으로 들어가는 게 맞다.

그녀의 손을 다시금 꽉 잡은 채로 입을 열자 묘하게 얼굴이 붉어진 그녀의 엘레나의 모습이 시야에 비쳤다.

"제가 엘레나 님의 몸을 한번 살펴봐야 할 것 같습니다."

"네?"

뭔가 잠시 시간이 멈춘 것 같은 느낌. 영문을 모르겠지만 마치 홍시가 된 것 같은 얼굴 때문에 다시금 자세한 설명에 들어갈 수밖에 없었다.

이야기는 생각보다 길지 않다. 최대한 핵심만 전달한다고 생각하고 이야기를 진행했으니까. 말하는 내내 엘레나는 고개를 끄덕여왔고 때로는 탄성을 냈다. 계속해서 고개를 끄덕이는 모습이 인상적이었는데 아무래도 그녀 자신이 나와 조금 더 강한 연결고리를 가지고 있다는 사실 자체가 기쁘게 다가온 것이리라.

"말씀은 이해했습니다, 이기영 님. 한데 어떤 식으로 도움을 드려야 할지에 대해서는 잘……."

'그게 문제야.'

초장부터 피검사를 하거나 벗어보라고 할 수는 없는 노릇. 물론 그 이후의 일 역시 문제로 다가올 수도 있다.

디아루기아의 촉매를 발견하고 연구하는 데 들어간 시간을 생각하면 지금 이곳에서 새로운 종류의 물건을 만든다는 것 자체가 터무니없다. 소지하고 있는 장비와 촉매 역시 상상도 할 수 없을 정도로 열악한 상황이다.

용 숨결 물약과 강화의 혈청은 수많은 가설과 실험을 통해 만들어진 자산의 산물이다. 수백 개가 넘는 연금 키트로 수천 번이 넘는 실험이 있었기 때문에 단기간에 결과물을 만들어내는 것이 가능했다는 거다.

'슈바……. 나는 천재가 아닌데.'

아무것도 없는 시점에서 곧바로 결과물을 만들어내는 것은 어떻게 생각해도 무리.

이론을 정립하는 데만 몇십 년이 걸리고 실험도 얼마나 할 수 있을지 모른다. 엘레나가 옆에 있기야 하지만 그녀를 보조해 주는 다른 촉매들의 숫자는 턱없이 부족하다.

많아야 네 번, 혹은 다섯 번이면 가지고 있는 재료가 모두 소진될 것이 분명. 조금은 다른 방향을 생각해 봐야 했다.

살라트의 몸을 촉매로 사용하는 것은 무리. 타액 역시 가공이 불가능하다.

[살리트의 타액-준신화 등급]

[연금술의 촉매로 활용할 수 없는 소재입니다.]

혹시나 해서 챙겨오기는 했지만 아무래도 준신화 등급의 몬스터를 촉매로 활용하는 것은 무언가 조건이 걸려 있는 모양. 빛의 연금술사가 하이엘프 엘레나를 촉매로 활용하듯 이쪽 역시 특정 직업을 얻어야 촉매의 활용이 가능해질지도 모른다.

'확 전향해 버릴까?'

물론 방법 따위는 알지도 못하고 한소라가 없으니 시도 자체도 할 수 없다. 하지만 벨리알이라면 어쩌면 이쪽의 목소리에 반응해 줄지도 모른다. 마법진도 대충 외우고 있고 애초에 자리한 곳이 살리트의 안이라 할 수 있으니 가능성이 아예 없지는 않을 것이다.

엘레나가 조금 신경 쓰이기는 했지만…….

'납득시킬 수 있겠지, 뭐.'

하지만.

'빛의 연금술사를 버리는 건 조금 아깝지…….'

물론 아깝기는 하다. 하지만 그것도 전부 살아 있을 때 가능한 이야기. 계속해서 녀석의 안쪽을 탐험하다가는 이쪽이 먼저 지치게 생겼다.

김현성을 기다리는 것도 하루 이틀이다. 함부로 개입할 수 없다는 건 이해하지만 이쯤 되면 위에서 뭔가 액션이 있어야 하는 건 아닐까 싶다.

'이 새끼들 이거 생각하면 생각할수록 너무한 거 아닌가?'

그동안 빛의 진영을 위해 몸과 마음을 다해 바쳤건만 돌아온 건 겨우 준신화 등급의 직업.

베니고어 여신 교단의 명예추기경으로 헌금은 얼마나 냈었지? 하는 생각도 훅 하고 들어온다. 단언컨대 지금껏 나보다 많은 액수의 헌금을 낸 사람은 없다고 해도 과언이 아니리라. 물론 현재는 그 헌금의 대부분이 나에게 들어오기는 했지만 그래도 신의 이름 앞에 헌금을 부치기야 했다.

'맞아. 그렇지. 백번 생각해도 그렇지.'

라이오스 사건은 또 어떤가. 조금 사소한 위기가 있기는 했지만 그 사건의 파급력이야말로 다 표현할 수가 없을 정도. 전 대륙으로 내가 선보인 기적이 방송을 탄 것은 물론 통계적으로도 베니고어 여신교도가 크게 증가했다. 아니, 증가한 것으로도 모자라 이미 천장을 뚫었다.

악마가 계약으로 실적을 올리는 것처럼 하늘 위에 있는 존재도 신도에 의해 실적을 채우는 것이라면 내가 교단에 어느 정도 기여했는지는 말로 다 표현할 수 없다.

[희귀 등급의 강제 퀘스트가 발동합니다.]

[적자야. 이 쓰레기 새끼야. 적자라고. 네가 저지른 패악질 때문에 수습하느라 적자고 파산했다고 제기랄……. 완전 난리도 아니라고.(0/1)]

그것뿐만이 아니다. 베니고어 여신을 민주투사로 만든 것 역시 빛기영의 위업. 여신의 거울로 베니고어 여신에 대한 찬양가가 전 대륙에 울려 퍼지지 아니한가.

[희귀 등급의 강제 퀘스트가 발동합니다.]

[너 미친 거지? 그걸 위업이라고? 네가 지금 여기 상황을……. (0/1)]

그뿐인가. 항상 김현성의 옆에서 녀석을 보좌한 것은 물론 목숨을 바칠 기세로 충성을 다했다. 그 충성에 대한 대가가 겨우 이것이라면 차라리 벨리알 쪽으로 가는 것도 나쁘지 않겠다는 생각이…….

[희귀 등급의 강제 퀘스트가 발동합니다.]

[지상의 일에 크게 개입하는 것은 금기야. 우리 이러지 말자. 마음은 이해하지만 너라면…….(0/1)]

그건 내 알 바 아니다. 이미 마음의 쓰라린 상처를 입은 상황. 기왕 악마에게 먹힌 김에 아주 영혼까지 깔끔하게 전향하는 것도 나쁘지…….

[희귀 등급의 강제 퀘스트가 발동합니다.]

[이봐, 기영이. 우리 이러지 말자. 지금은 상황이 좀 안 좋아. 나도 여건이 없어. 신력을 너무 많이 사용해서 여기저기에서 빌려야 하는 상황이야. 이미 많이 빌렸고 더 이상은 정말 불가능해.(0/1)]

나는 지금 죽기 직전에 상황이다. 식량도 5일 치밖에 남지 않았고 다리도 통통 부었다. 김현성과 함께하는 길은 영광만

이 함께할 줄 알았건만 너무나도 춥고 배가 고프다. 믿음에 대한 대가가 겨우 배고픔과 목숨의 위협이라니. 여신을 등진 이들이 이해가 되는 순간이었다.

당연히 이곳에서 꺼내달라는 소리 같이 어처구니없는 요구를 하는 것이 아니다. 그런 것이 불가능하다는 건 이미 알고 있었으니까. 강림해서 모든 상황을 해결하라는 건 들어본 적도 없다.

절대로 이런 걸 바라는 것이 아니다. 하지만 적어도 조금 더 편한 길을 갈 수 있게 도와주는 것이야말로 권리를 가지고 있는 이들의 책임이 아닐까?

여기까지 했는데도 말이 통하지 않는다면 더 이상의 타협은 없다. 녀석도 비정한 쓰레기 엘룬을 조금 더 본받아야 할 필요가 있다.

'알아들어? 정말로 타협 같은 건 없는 거야.'

[희귀 등급의 강제 퀘스트가 발동합니다.]

[쓰레기 새끼(0/1)]

'어쩔 수 없…….'

[준신화 등급의 강제 퀘스트가 발동합니다.]

[오른손 들기(0/1)]

[퀘스트 완료 보상]

[빛 폭탄 물약 레시피-준신화 등급]

믿음에 대한 답.

'베니고어 여신 만만세.'

역시나 하늘은 믿는 자를 내치지 않는다. 다시 한번 여신에 대한 확고한 믿음이 올라서는 순간 마음이 빛의 기운으로 가득 차는 듯한 기분이었다는 건 굳이 설명할 필요도 없으리라.

[희귀 등급의 강제 퀘스트가 발동합니다.]

[넌 진짜 쓰레기야. 진짜.(0/1)]

'아주 좋습니다. 아주 좋고요.'

마음속까지 빛으로 깨끗해지는 듯한 기분. 빛의 위대함에 다시 한번 고개를 끄덕일 수밖에 없었다. 역시나 덕을 쌓다 보면 언젠가는 이쪽에 돌아오는 게 있게 마련. 절로 입가에 웃음이 머무른다.

구경도 해본 적 없는 준신화 등급의 퀘스트가 고작 오른손 들기라는 걸 누가 믿을 수 있을까. 손가락 펴기가 아닌 게 다행이다.

비장한 표정을 유지하며 살며시 오른손을 들자 마치 기다렸다는 듯 즐거운 소리가 들리기 시작. 최근 들어 가장 행복한 순간이었다는 건 굳이 설명할 필요도 없으리라.

[준신화 등급의 강제 퀘스트가 완료됩니다.]

[오른손 들기(1/1)]

[퀘스트 완료 보상]

[빛 폭탄 물약 레시피]

[신성력이 첨가된 하이엘프의 눈물(0/1), 세계수의 잎(0/1)]

[준신화 등급-빛의 연금술사 전용 촉매]

그 외 다수의 촉매가 리스트화 되어 좌르륵 보인다. 몇몇은 확실히 이쪽이 보유하고 있는 게 맞다.

물론 가장 중요한 두 개가 빠지기는 했지만 분위기를 보니 이미 엘레나가 가지고 있는 것 같은 느낌. 세계수의 잎 역시 그녀가 보유하고 있을 가능성이 크다. 그렇지 않다면 우리 여신님께서 이런 쓸데없는 레시피를 던져줄 이유가 없을 테니까. 지금 상황에서 쓸 만한 레시피를 던져줬다고 생각하는 게 맞다.

'이거 혼자서 했으면 절대로 성공 못 했겠네.'

세계수의 잎이 재료로 들어가는 사실 이전에 레시피 자체가 무척이나 복잡하다. 생각보다 신경 써야 할 것도 많고 대충 던져보는 식으로 만들어서 가닥을 잡을 수 있는 종류의 레벨이 아니다. 뭐라도 해보겠다고 쓸데없는 도전 의식을 불태웠다가는 아까운 촉매들만 날아갈 뻔했다.

'몇 년은 걸렸겠는데.'

심지어 내가 사용한 적이 없는 기법들 역시 자세하게 기술되어 있다.

보통 연성진이나 촉매를 다룰 때는 마력을 이용하는 것이 일반적이다. 이를테면 연금술이라는 자동차에 마력이라는 기름을 넣는 거라 설명할 수 있으리라. 하지만 존경해 마지않는 베니고어 여신님의 빛의 연금술은 마력이 아닌 신성력이 기름이며 연료다. 기존의 것과 차이가 있는 게 당연하리라.

'혹시나 했었는데. 정말로 맞긴 맞았네.'

조금 다른 이야기지만 대충 한번 시도해 본 게 이렇게 잘 풀릴 거라고는 생각도 하지 못했다. 다시 한번 감사의 기도를 올린다. 역시 나의 사랑스러운 베니고어 여신님이 항상 우리를 지켜보고 계시는 걸 알게 됐기 때문이다.

'이거지! 바로 이거지!'

내 가설이 어느 정도 들어맞았다는 것을 깨닫는 게 당연하다. 이 대륙은 몇몇 신에 의해 보호되고 있고 퀘스트라는 매개체를 통해서 자신들의 뜻을 전달한다. 너무 깊숙한 개입은 당연히 금지되어 있고 그들은 잘못된 행동에 대한 페널티를 받는다.

어쩌면 김현성을 회귀시킨 알타누스라는 자식은 상상도 할 수 없는 페널티를 받았을 확률이 크다. 방금 거로 베니고어 여신 역시 뼈아픈 출혈이 있었을 테고…….

물론 내가 크게 신경 쓸 일은 아니다. 어떤 방식인지는 모르겠지만 위에서 일어나는 일이니까. 이쪽은 굿이나 보고 떡이나 먹으며 행복회로나 돌리면 된다는 거다.

계속해서 미소를 짓고 있자 엘레나가 궁금한 듯 이쪽을 보았다. 나는 망설이지 않고 입을 열었다. 좋은 소식은 나누면 배가 된다.

"계시를 받았습니다."

가장 적절하고 아름다우며 확실한 단어. 이 말만큼 안심이 되는 소리가 또 없다.

"네?"

"일단 천천히 걸어가면서 말씀드리는 게 좋을 것 같습니다. 아, 그리고 당장 제가 필요한 것은 신성력이 들어간 하이엘프의 눈물과 세계수의 잎입니다. 혹시 엘레나 님이……."

"에베리아 왕국의 엘프라면 모두가 세계수의 잎을 가지고 있습니다. 아무런 효과도 없는 것으로 알고 있습니다만……."

"아마 엘레나 님의 눈물이 들어간다면 제가 사용할 수 있는 촉매로 변환시킬 수 있는 모양입니다."

“이기영 님, 무엇에 관련된 이야기를 하는 것인지는 알 것 같지만 너무 갑작스러워서 따라가기가 힘듭니다. 조금만 천천히 상황을…….”

“설명은 이후에 드리겠습니다. 한 가지 확실하게 말씀드릴 수 있는 건 제가 베니고어 여신님께 계시를 받았다는 겁니다. 어째서 엘레나 님과 제가 만나게 된 건지 알 수 있을 것 같습니다. 네. 아마 틀림없을 겁니다.”

재료 조달 노동자와 사장님의 관계. 핫산과 사장님. 하지만 그걸 그대로 입에 담을 리가 만무하다.

‘비정한 쓰레기 엘룬이 널 팔아넘겼단다’라고 말하기도 힘들다. 그 대신 조금 더 달콤한 열매를 던져주는 게 합리적이리라. 어차피 그녀의 일을 해결하는 것도 머릿속에 들어가 있었으니까. 물론 전부 다 던져주진 않는다.

“어, 어떤…….”

“엘레나 님이 제게 꼭…… 필요한 사람…….”

“네…….”

“아니, 아무것도 아닙니다.”

“…….”

원래 달콤한 과실이라는 건 손에 닿을 듯 말듯한 위치에 있어야 더욱 탐 나는 법이니까.

말로는 표현하지 않았지만 조용히 그녀를 바라본 것은 당연지사. 아마 내 얼굴에 들어선 표정이 무엇인지 그녀는 인지하고 있을 것이다.

손을 꽉 잡은 것은 물론 그녀를 갖고 싶다는 표정으로 바라보자 쉬운 엘프의 얼굴이 굉장히 붉어졌다.

아마 눈치가 없지 않다면 알고 있을 것이다. 내가 지금 발을 내딛지 못하고 있다는 걸 말이다. 틀림없이 느끼고 있다.

'아. 드디어 알아줬구나. 깨달았구나. 아니, 깨닫고 있는 도중일지도 몰라.'

따위의 생각을 하고 있음이 틀림없다. 긴장했는지 귀가 파르르 떨리고 있는 모습. 하지만 얼굴에는 묘한 감정이 떠오른다.

'배덕감? 성취감?'

아마 비슷한 종류일 것이다. 죄책감을 느끼는 것 같기도 했고 기쁨에 몸부림치는 표정이기도 했다.

무엇보다 내가 자신을 원하게 되었다는 사실 자체가 기분이 좋은 모양이다. 아마 자신이 정하얀을 이겼다고 생각하고 있는 것 같았다. 와이프가 있는 남편을 뺏는 불륜녀의 심정을 느끼고 있는지는 모르겠지만 그녀가 어떤 감정을 느끼더라도 이상하지는 않다. 자신이 느끼고 있는 게 부정적이라는 사실만 인지하고 있으면 된다는 거다.

내 손을 꽉 쥔 채로 나를 빤히 바라본다. 왠지 모르게 입술을 꽉 다문 모습은 귀엽다. 말은 필요 없다. 엘레나의 몸이 먼저 신호를 보내고 있는 것이 느껴졌으니까.

몸을 파르르 떨고 있었다. 무척 긴장하고 있는 얼굴. 귀는 추욱 내려갔지만 입꼬리는 올라가 있다. 언뜻 죄책감이 느껴지기는 것 같기도 하지만 그것은 곧 기분 좋은 긴장으로 뒤바뀌리라. 예상했던 대로 조용히 고개를 끄덕여 오는 모습이 보였다.

'내가 이겼어'라든가 '드디어 알아주신 거야'라는 생각을 하고 있을 게 뻔하다.

아직 승리의 축배를 들기에는 이른 것 같기는 하지만 결정타를 날리기에는 분위기가 나쁘지는 않다. 마침 우리들의 베니고어 여신님께서 힘을 써주신 덕분에 시간 자체도 굉장히 넉넉해진 상황. 조금 정도는 다른 일을 해도 괜찮지 않을까 하는 생각도 든다.

솔직히 적당히 긴장이 풀린 게 마치 캠핑이라도 온 것 같은 기분이다.

'한 번쯤은 더 갇히는 것도 나쁘지 않겠네.'

천천히 내 팔을 잡아당기는 게 느껴진다. 자신을 봐달라는 듯이 고개를 돌리자 멈칫 하기는 했지만 귀엽게도 다시 한번 몸을 밀착시켜 왔다.

여전히 이래도 되는 건지 고민하는 게 포인트. 그렇지만 내가 한 발 뒤로 물러서자 앞으로 다가오는 모습이 눈에 보였다.

"깨, 깨달아주셨군요."

"……."

"저, 저는 이미 알고 있었습니다. 사실은 한참 전부터 깨달고 있었지만 모, 모르는 척하고 있었습니다. 물론 확신하지는 못했지만 이…… 이제는 모든 걸 알 수 있을 것 같습니다."

"……."

"물론 이기영 님께서 이미 사랑하시는 분이 있다는 건 알고 있습니다만……."

"조금 갑작스럽습니다만…… 엘레나 님 제가 방금 말씀드린 뜻은 이런 게 아니었습니다."

"아니요. 이기영 님도 이미 아, 알고 계신 걸로 압니다. 틀림없이요."

'얘 봐라.'

제법 마음을 굳게 먹은 것처럼 보인다. 덜덜덜 떨리는 다리와 파르르 떨리는 귀가 재미있다. 그 와중에도 이런 말을 해오는 것을 보니 떨어질 듯 떨어지지 않은 과실에 욕심이 생기는 모양이다.

"이기영 님께서도 이미 알고 계십니다. 지, 지금 한 발 더 내딛지 못하시는 건 분명히 죄책감 때문일 겁니다. 이기영 님은 너, 너무 상냥하시니까요."

'그래. 나 상냥하다.'

"이기영 님께서 말씀하셨지요. 사람과 사람 사이는 붉은 실로 연결되어 있다고. 그때는 정하얀 님과 이기영님께서 연결되어 있다 말씀하셨지만 이제는 다르다는 걸 깨달으셨을 겁니다. 네. 분명히요. 저를 똑바로 바라봐 주세요, 이기영 님. 운, 운명의 상대는…… 정하얀 님이 아닙니다. 부디……."

'오우야.'

내가 그녀를 독려해야 하는 상황이 아니라 그녀가 나를 독려하는 상황으로 치닫고 있다.

"이곳에서 할 이야기가 아닙니다. 이럴 시간도 없고요. 그보다 엘레나 님, 조금 흥분하신 것 같습니다. 조금만 마음을 차분히 가다듬으시면 아마……."

"아니요. 이런 장소라서 말씀드릴 수 있는 겁니다. 지금이라서 말씀드릴 수 있는 겁니다. 저를 똑바로 바라봐 주세요. 제 눈을 피하지 마시고 똑바로 바라봐 주세요."

심지어 울먹이기까지 한다. 얼른 쏟아지는 걸 담고 싶었지만 그럴 만한 분위기는 아니다.

"부디 바라봐 주세요. 감정을 숨기지 말아주셨으면 합니다. 솔직하고 있는 그대로 표현해 주셨으면 합니다."

"하지만……."

"죄책감을 느끼신다는 건 알고 있습니다. 하지만. 하지만……."

"……."

"안아주세요."

"……."

"안아주세요."

한 번 물꼬가 트인 것인지는 모르겠지만 무척이나 절박해 보인다. 떨어질 듯 말 듯한 열매를 바라보며 기도라도 하는 것 같다.

나 역시도 이 정도로 저돌적으로 달려들어 올지는 상상하지 못했다. 아마 그녀에게도 꽤 충동적인 이야기일 것이다. 오랜 생각 끝에 나올 수 있는 행동이라고는 볼 수 없다.

아무래도 내가 생각한 것보다 애가 많이 탔던 모양. 떨어지는 과일을 바라보며 허겁지겁 입을 벌리고 있는 것만 같다. 물론 그녀가 얼마나 용기를 냈는지에 대해서도 알 수 있었다.

애초에 엘레나는 수동적인 면모가 조금은 강하다. 최근에 와서는 조금 능동적인 성격으로 변했지만 그래도 200년 동안 왕국에 갇혀 있었던 시기가 어디로 가는 것은 아니다.

이 정도까지 말한다는 건 아마 엘룬 쓰레기가 등을 떠밀기 때문이라고 생각했다.

신의 말씀과 계시라는 게 좋긴 좋다. 상황과 배경의 특수성도 좋고.

'열매에 독이 들었는지는 신경도 안 쓰는 모양이네.'

파르르 떨리는 귀. 다가와 입술을 가까이 가져다 대는 것이 보인다. 물론 나는 거부하는 척할 뿐, 거부하지 않았다.

그녀와 나의 입술이 닿는 것은 순식간이었다.

[영웅 등급의 강제 퀘스트가 발동합니다.]

[알 수 없는 이유로 영웅 등급의 강제 퀘스트가 취소됩니다.]

잠깐 찾아온 불청객에 움찔하기는 했지만 그다음에 일어난 일이야 뻔했다.

아마 엘레나는 중간부터 눈치챘을 것이다. 자신이 그토록 원하던 열매가 생각만큼 달지 않다는 것을 말이다.

시간이 지나 내가 잠을 청하는 와중에도 괴물의 안에서는 그녀가 훌쩍이는 소리가 울려 퍼졌다. 물론 별다른 걱정은 하지 않았다. 언제나 그렇듯 그녀는 자신을 합리화할 거라는 건 알고 있었으니까. 이건 어쩔 수 없는 일이었다고.

[전설 등급의 강제 퀘스트가 발동합니다.]

[알 수 없는 이유로 전설 등급의 강제 퀘스트가 취소됩니다.]

기분 탓인지는 모르겠지만 왠지 다른 사람의 울음소리도 들리는 듯했다.

101장
빛기영 가라사대 빛이 있으라 하시매,
빛이 있었노라

다음 날 아침은 무척 상쾌했다. 물론 여전히 역겨운 악마 냄새가 진동했지만 기분 좋은 소식과 함께 새로운 아침을 맞이할 수 있었기 때문이다.

"말씀해 주셨던 물건입니다. 이게 맞는지는 모르겠습니다만……."

"확실합니다, 엘레나 님. 뭐라고 감사의 말씀을 드려야 할지 모르겠습니다."

"아닙니다. 당연히 해야 할 일을 했을 뿐입니다."

[준신화 등급-빛의 연금술사 전용 촉매]

[신성력이 첨가된 하이엘프의 눈물]

[준신화 등급-빛의 연금술사 전용 촉매]

[세계수의 잎]

'마이 프레셔스…….'

반짝반짝거리는 것들을 보자 내 손이 다 덜덜 떨려올 지경.

'마이 프레셔스!!!'

나만을 위해 준비된 재료라는 것만으로도 기분이 좋아진다. 당연히 이건 값으로 따질 수 없을 정도의 보물이다. 작은 포션 병에 담긴 소량의 액체와 작은 나뭇잎 하나. 저 촉매들이 앞으로 일으킬 파급력을 생각하면 기분 좋게 웃음을 터뜨려도 되는 상황이라는 거다.

지금 당장 일어나 댄스라도 선보이고 싶었지만 그런 행동을 할 수 있을 리 만무했다. 눈앞에 있는 엘프의 표정이 그다지 좋지 않았기 때문이다. 계속해서 훌쩍이는 소리가 들릴 때부터 예상하기는 했지만 어젯밤 많은 생각을 하게 된 모양.

그래도 해야 할 일은 해야 한다고 생각해 이런 선물을 준비한 건 상당히 대견해진다. 자괴감에 휩싸여 하룻밤을 보내는 와중이었는데도 결국에는 나를 위해 이런 선물을 준비해 준 것이다.

다시 한번 고개를 들어 그녀를 바라보자 눈이 퉁퉁 부은 얼굴이 보였다. 괜찮을 거라고 여겼지만 생각보다 훨씬 힘들어하는 모습. 귀는 추욱 처져 있었고 아직도 얼굴에 알 수 없는 죄책감이 감돌고 있었다.

천성이 착하다는 건 바로 이 엘프 같은 사람들을 두고 하는 말이리라. 거짓말 한 번 해본 적 없는 여자가 갑작스레 차오른 욕망을 이기지 못하고 잘못된 선택을 한 시점. 내 기준에서는 아주 조금 힘든 일이겠지만 그녀에게는 상상할 수 없을 정도로 힘겨운 시간이었으리라.

안 그래도 지금까지 죄책감과 알 수 없는 배덕감이 공존하고 있었던 상태. 마침표를 찍은 기분이 꼭 좋지는 않으리라고 생각했다.

'어떻게 이런 애를…….'

비정한 엘룬에게 다시 한번 화살표를 돌릴 수밖에 없었다. 이왕 엎질러진 물이고 일은 벌어졌다. 믿고 있던 신에게까지 내쳐진 가슴 아픈 엘프. 재기불능이 되기 전에 꺼내 주는 게 맞다. 앞으로도 그녀는 나와 계속 함께해야 했으니까.

천천히 손을 잡자 눈에 띄게 움찔한다. 반사적으로 오히려 손을 피하려는 모습은 제법 재미있다. 물론 결국에는 피하지 않고 손길을 받아들인다.

배덕감이 주는 저릿한 쾌감이 다시 한번 그녀의 죄책감을 뒤덮은 것. 아마 나와 이야기를 하거나 함께 있을 때에는 사태가 심각해지지는 않을 거라고 생각했다.

"어제 일은……."

"네…… 그…… 죄송합니다."

"아닙니다. 엘레나 님이 사과하실 일이 아닙니다. 저도 같은 마음이었으니까요. 그리고 필요한 일이었다고 생각합니다."

"아……."

"조금 상쾌해진 기분입니다만…… 물론 이런 걸 치료라고 불러야 될지는 모르겠지만 이전과는 무언가 다른 느낌입니다. 엘레나 님께서는 제가 어떻게 보이십니까?"

"그러고 보니……."

"네."

"그랬던 거군요. 그…… 그랬던 것이었군요."

'그래…… 맞다. 네가 다 맞다.'

아무래도 이제는 역겹게 보이지는 않는 모양이다. 아직 완벽하게 달라졌다고 할 수는 없지만 적어도 구역질을 할 정도는 아니라는 거다. 그녀의 성향이 조금씩 변하고 있다는 증거였고 순진한 엘프의 마음에 내가 들어갔다는 증거였다.

어느 정도로 자리 잡았는지는 아직 확실히 판단할 수는 없지만 아마 내가 손을 놓아버리면 극단적인 선택을 할 수 있을 정도라고 생각했다. 현재 그녀가 자신을 짓누르는 죄책감을 버틸 수 있는 이유는 어디까지나 내 존재 때문이라고 생각하는 게 맞다.

만약 커다란 방패막마저 사라져 버린다면 어떤 행동을 할지 불 보듯 뻔하다. 어쩌면 가면 쓰레기에게 농락당한 1회 차의 정하얀 같은 선택을 하게 될지도 모른다.

'그렇게 둘 수는 없지. 아암. 그렇고말고.'

황금 알을 낳는 거위, 아니, 소중한 엘레나를 그렇게 만들 수는 없다.

고개를 끄덕이는 와중에도 엘레나는 혼자 중얼거리는 중.

"그랬군요. 네. 어쩔 수 없었던 일이었군요. 이기영 님을 치료하기 위해서는…… 네. 필요했던 일이었습니다. 네……."

혼이 조금 빠진 것 같기도 하다. 손을 꽉 잡아 준 것은 당연지사. 살짝 입을 맞추니 거부하지 못하고 받아들이는 모습이 눈에 보인다. 오히려 본인이 조금씩 매달리고 있다.

입술을 떼니 눈에 보인 것은 무척이나 붉어져 있는 얼굴. 앞으로 며칠간은 이런 종류의 작업을 쳐줘야 할 것 같았다. 호기심이든 쾌감이든 뭐가 되든 상관없다. 안 좋은 생각을 하는 걸 막는 게 가장 중요하다는 거다.

'어쩔 수 없지 뭐.'

우여곡절이야 있었지만 일단은 기존에 생각했던 작업은 충분히 성공이라고 할 만하다. 불안요소가 있기는 하지만 사실상 거의 없는 것이나 마찬가지.

정하얀처럼 위험하게 만들지도 않았고 적절한 부분에서 아주 잘 타협했다. 적당히 오염됐고 적당하게 잘 만들어졌다. 과정이야 어찌 됐든 엘레나의 가슴 속에 파고들었다는 거다.

그 무엇보다 하이엘프 엘레나와의 진심 어린 교감으로 오염된 영혼이 치료됐다는 것이 중요했다.

다음 챕터는 뻔할 뻔 자.

엘레나의 가슴 속으로 한번 파고들었으니 이번에는 나를 삼킨 이 더러운 자식의 가슴을 향해 돌진할 시간이다.

'네가 날 소화시킬 수 있을 줄 알았어?'

어림 반 푼어치도 없는 소리. 이 더러운 악마가 빛으로 둘러싸인 영혼을 소화시키려고 했다는 것 자체가 잘못된 가정이다.

"일단 바로 출발하는 게 좋을 것 같습니다."

"만드신다고 하신 건……."

"중간중간 시간이 있을 겁니다. 촉매 자체는 움직이면서도 준비할 수 있으니까요. 대충 머릿속에 전부 들어가 있으니 안심하셔도 됩니다."

혹시 또 무슨 일이 터질 수도 있는 만큼 곧바로 자리를 옮겨야 했다.

엘레나는 의아한 표정이었지만 이윽고 시작된 기행에 입을 커다랗게 벌리며 놀란 표정을 지었다. 가공이 필요한 촉매를 움직이면서 준비하는 게 신기하게 비친 모양이다.

아니, 그녀가 엘프라는 걸 생각해 보면 어쩌면 연금술 자체에 신기하게 비칠지도 모른다. 엘프라는 종족 자체가 연금술과 친하다고 보기는 힘드니까.

"신기하군요. 물론 저번에도 보기는 했지만……."

다른 일에 관심을 가지는 건 좋다. 잠깐 안 좋은 생각을 막아주기도 하니까.

"그…… 이기영 님께서는 만드는 방법이나 순서도 모두 외우고 계신 겁니까?"

"네. 익숙하니까요. 아마 몇 시간 후이면 준비될 것 같습니다. 이후에는 곧바로 연금 키트를 사용해 물약을 제조하면 됩니다."

현재 내가 새로운 물약을 제조하는 건 단언컨대 식은 죽 먹기보다 쉽다. 물론 난이도가 아예 없다고 하기는 힘들지만 컨닝 페이퍼를 읽고 시험을 보는 것이나 다름이 없다. 마치 천재라도 된 기분이다. 한 치의 오차도 없는 완벽한 계량과 센스.

설명서를 읽으며 작업에 임할 뿐이었지만 엘레나는 마치 대단한 것이라도 목도한 것 같은 얼굴로 나를 바라보고 있다. 중간중간 존경해 마지않는 베니고어 여신님의 빛을 바라본 것이 틀림없으리라.

'이펙트 한번 좋네.'

확실히 마력이 신성력을 품게 되니 마력을 내뿜을 때마다 빛이 터져 나온다. 가진바 신성력은 적지만 준신화 등급의 영향인지 촉매에 마력과 신성력을 입힐 때마다 성스러움이 쏟아진다.

'이게 빛의 기운이지. 아암. 그렇고말고.'

오랜만에 제대로 된 연금술을 하는 것 같은 기분이다. 잠깐 쉬는 와중에도 계속해서 컨닝페이퍼를 읽으며 진지한 자세로 시험에 임한다.

빛이 뿜어져 나오며 어떻게 설명하기도 힘든 소리가 튀어나온다. 나조차도 이게 뭔지 제대로 알 수가 없다. 나는 시키는 대로만 할 뿐이었으니까. 그렇지만 뭔가 대단한 기적을 선보이고 있다는 기분 하나는 확실하다.

이제 막 완성을 목전에 둔 타이밍. 갑작스레 녀석이 움직인 것 같은 기분이 든 것은 바로 그때였다.

'어?'

분명 착각이 아니다. 엘레나 역시 나와 비슷한 표정. 녀석이 움직이고 있다는 걸 느낀 것이 분명하리라. 물론 이런 일이 있었던 것은 처음이 아닌 만큼 크게 당황하지는 않았다. 실제로 우리가 여기에 머무른 동안에 몇 차례 움직임이 있었다. 기껏해야 몸을 뒤척이는 정도였던 것으로 기억.

하지만 다시 한번 일어난 충격에는 뭔가 잘못되었다는 걸 깨달을 수밖에 없었다.

"이, 이기영 님."

“저도 느끼고 있습니다. 속도를 조금 올리는 게 좋을 것 같습니다. 일단 최대한 떨어지지 않게 붙잡으면서요.”

“네.”

다시 한번 왔던 곳으로 되돌아갈 수는 없다. 여기서 떨어진다면 모든 것이 물거품.

다시 한번 뜻밖의 여정을 계속하게 될지도 모른다.

‘갑자기 왜 이러는 거야.’

쓸데없는 생각을 하자마자 흔들리는 안. 곧바로 수인을 외우고 손바닥을 튕기며 몸을 고정시킬 지지대를 만든다. 단순히 몸을 뒤척인다거나 달리고 있는 종류가 아니다.

‘이거…….’

마치 싸움이라도 벌이고 있는 듯한 모양새. 한쪽 팔로 엘레나를 꽉 껴안자 그녀 역시 눈을 꽉 감고 내 몸을 붙잡기 시작했다.

‘현성인가!?’

다시 한번 거대한 굉음이 들려오며 녀석의 몸이 크게 흔들린 순간 자연스럽게 같은 생각을 할 수밖에 없었다.

‘온 거야.’

파란 길드원들과 에베리아 왕국의 엘룬 나이트들이 당도한 것이다.

“이게…… 무슨 일인가요? 이기영 님.”

"아무래도 원정대가 도착한 것 같습니다. 정확한 건 알 수 없지만 아마도…… 확실할 겁니다."

원래 원정대가 이곳에 당도할 시간보다 약 삼 일이 더 빠르다. 원정대가 무척 급하게 움직였다면 얼추 시간이 맞는다.

"그럼 어떻게……."

"해야 할 일에는 변함이 없습니다. 아마 원정대도 힘겨워할 가능성이 큽니다. 엘레나 님과 제가 도움을 준다면 조금 더 쉽게 네임드 몬스터를 공략할 수 있을 겁니다."

"네."

"일단 안기시는 게 좋을 것 같습니다. 몸을 부딪힐 수도 있으니 조심해 주세요."

"네. 알겠습니다."

그 와중에도 얼굴을 붉히고 있는 모습이 눈에 들어왔지만 크게 신경 쓰지는 않았다.

'얘는 이 와중에…….'

지금 당장 눈앞에 있는 문제부터 해결해야 했으니까. 외부 상황이 어떻게 돌아가고 있는지 정확히 알 수 없지만 방금 말했던 대로 쉽지 않은 싸움이 될 가능성이 높다.

준신화 등급의 네임드 몬스터. 아무리 김현아와 정하얀을 중심으로 한 파란 길드라고 한들 어느 정도의 희생은 감안하고 전투에 임할 것이다.

아마 체력적인 페널티 역시 떠안고 있음이 분명할 터. 3일이나 일정을 단축시켰을 테니 체력이 약한 후위의 경우는 한계를 맞았으리라.

조금 머리가 복잡하기는 했지만 손은 빠르게 움직이기 시작. 계속해서 발걸음을 옮기는 와중에도 계속해서 신성력을 옮겨내고 담아낸다.

'제기랄.'

디아루기아의 촉매를 생성해 몸을 고정시키는 와중에 실험까지 하게 되니 돌아버릴 노릇. 하지만 점차 결과가 가까워진다.

엘레나 역시 만약을 대비해 충격을 막아줄 수 있는 장막을 만들고 초조한 눈빛으로 이쪽을 바라본다. 기도라도 드리는 것 같은 얼굴.

비정한 쓰레기 엘룬을 향한 기도였겠지만 효과가 있다는 건 금방 깨달을 수 있었다. 준비한 촉매를 연성한 이후 신성력을 쏟아내자 눈을 뜰 수도 없을 정도의 빛이 쏟아져 나왔기 때문이다.

'나이스!'

맹렬히 회전하는 빛.

이미 키트를 벗어나 병 안에 들어간 결과물은 눈도 제대로 뜰 수 없을 정도의 찬란한 빛을 내뿜고 있었다. 금방 기분 좋은 소리가 들릴 거라 예상했던 것과는 다르게 계속해서 빛만

뽐어대고 있는 녀석의 모습에 괜스레 불안한 마음이 차오르기 시작했다.

'이거 베니고어가 통수 친 건 아니겠지…….'

혹시나 갑자기 터져 버릴까 불안한 마음이 들었기 때문이다. 물론 존경해 마지않는 베니고어 여신님께서 독실한 신도이자 김현아의 자랑스러운 우군인 나를 버린다는 건 상상하기 힘들었지만 그렇다고 아예 걱정되지 않는 것은 아니었다.

시스템의 관리자라고 예상되는 초월적인 존재 중에서도 틀림없이 쓰레기가 존재한다는 걸 알고 있기 때문이다. 이를테면 엘룬 쓰레기처럼.

'아니야. 그래도 우리 베니고어 여신님은 그 정도로 쓰레기는 아니지.'

이미 많은 것을 희생하셨을 테니 여기서까지 독실한 신자의 뒤통수를 건드리지는 않을 것이다.

아마 신성력을 조금 더 주입하는 게 맞으리라. 불안하기는 했지만 갑자기 터지지는 않을 거라고 생각했다.

"엘레나 님 신성력입니다."

"네?"

"계속해서 이곳에 신성력을 보내주세요. 분명히 효과가 있을 겁니다."

"아, 알겠습니다. 맡겨주세요."

더 이상의 설명은 필요 없다. 곧바로 고개를 끄덕이며 병에 신성력을 밀어 넣는 그녀의 모습이 시야에 비쳤다. 당연히 저게 터질까 봐 무서워 엘레나에게 토스한 것은 아니다. 내가 가진 신성력보다 엘레나의 것이 조금 더 농도가 짙은 것이 사실.

마치 황금알이라도 받은 듯 녀석에 계속해서 신성력을 주입하는 그녀의 모습이 시야에 비쳤다. 조금 더 출력이 필요한 것 같아 나 역시 연료 주입에 합세했다.

다시 한번 더 빛이 터져 나오기 시작. 가끔씩 격동적으로 흔들리는 녀석의 모습에 잠깐 겁을 집어먹기는 했지만 결국에는 내가 원하는 소리가 울려 퍼지기 시작했다.

'역시 틀리지 않았어. 베니고어 여신님 만만세.'

[준신화 등급의 물약, 빛 폭탄 물약의 조합에 성공합니다.]

[마력 1이 올라갑니다.]

[빛 폭탄 물약-준신화 등급]

[빛의 연금술사 전용 소비 아이템-일일 사용량 제한(3/3)]

[준신화 등급의 직업, 빛의 연금술사만이 연성할 수 있는 고유의 물약입니다. 베니고어 여신의 배려와 엘레나의 희생으로 인해 만들어진 이 물약은 사용자의 신성력을 주입한 직후 사용자의 적과 아군에게 반응하는 거대한 빛 폭발을 일으킵니다. 아군은 중

상을 즉시 회복하게 되지만 적군은 폭발의 영향에 그대로 노출됩니다. 하루에 세 번 사용 가능한 물약입니다. P.S 쓰레기 같은 놈. 이번이 정말로 마지막이다. 나도 더 이상은 한계야.]

나이스! 나이스! 개꿀! 개꿀!

"이기영 님, 된 것 같습니다. 해냈습니다. 저희가 해냈습니다!"

"네. 저도 보고 있습니다. 엘레나 님."

"저, 정말로 이런 게…… 이런 물건이……."

"모든 게 전부 엘레나 님 덕분입니다."

"아닙니다. 이기영 님께서 이룩하신 결과물입니다. 네. 이 순수한 빛으로 둘러싸인 신성의 결정체는 이기영 님의 위업입니다. 정말로 대단하십니다. 정말……."

"과찬입니다. 저 혼자였다면 이런 물건을 만들지 못했을 테니까요."

나 역시 소리라도 지르고 싶다. 하지만 상황이 상황이니만큼 크게 기뻐하는 모습을 보이기는 힘들었다.

마음 같아서는 녀석을 한 손에 들고 춤이라도 추고 싶었지만 일단은 물약을 품 안으로 집어넣는 것이 최선.

조금 더 자세히 그 영롱한 모습을 감상하고 싶었지만 아쉽게도 그럴 여유가 없다. 물약의 내구도를 생각하면 단순한 충격으로 깨질 리는 없겠지만 혹시 모를 상황이라는 게 존재하는 만큼 조심해서 나쁠 건 없다.

김현성이 선물해 준 무한의 가방, 이곳이라면 안심할 수 있다. 곧바로 놈을 쑤셔 넣고 몸을 움직이자 엘레나가 나를 붙잡고 고개를 끄덕이는 모습이 보였다.

'기분 좋아 보이네.'

얼굴에는 상상도 할 수 없을 정도의 홍분이 감돈다. 이미 세상이라도 구한 것 같은 표정. 심지어 나를 바라보는 얼굴에는 언뜻 존경심이 서린다.

'그래. 그럴 만도 하지. 이해한다. 이해해.'

준신화 등급. 물론 신화 등급에는 한 단계 떨어지나 이 물약은 엄연히 신화 등급의 언저리에 걸려 있다. 대륙에서는 엄연히 규격 외라고 부를 수 있는 물건.

어느 정도인지는 알 수 없지만 단언컨대 화력은 내가 기대하는 것 이상이리라. 심지어 아군은 곧바로 중상에서 회복시켜 준단다. 조금 부족하기야 하겠지만 어쩌면 고위 사제의 신성력을 상회하는 성능을 가지게 될지도 모른다.

단점은 하루에 사용 한도가 정해져 있었다는 것. 베니고어가 막아놓은 것인지 아니면 규격 외의 물건이기 때문에 제한이 걸려 있는 건지는 모르겠지만 어떻든 하등 상관없다.

'적와 아군도 구분 가능하다는 건.'

어떻게 봐도 이 물건은 소리를 지를 만하다.

'가즈아! 베니고어 여신님 만만세다!'

가장 어려운 미션을 넘었으니 이다음은 사실상 식은 죽 먹기. 심장 쪽으로 들어가 내 품에 있는 녀석을 던지면 모든 게 해결된다. 밖에 있는 원정대원들도 해피하고 나 역시 해피한 상황.

이미 내 오염된 영혼은 치료가 완료되어 있다. 더럽혀진 영혼을 다시금 정화한 새로운 힘을 얻은 빛기영의 위업에 모두 입을 벌리게 되리라.

현재 이쪽이 처해 있는 상황이 제법 힘이 들기는 했지만 이후에 벌어질 훈훈한 결과물을 예상하자 자꾸만 입꼬리가 올라가기 시작했다.

물론 발걸음을 옮기기는 쉽지 않다. 아직도 밖에서는 격렬한 전투가 진행되는 도중. 아니, 솔직히 전투가 진행되고 있는지 맞는지도 확신할 수 없다. 녀석이 단순히 혼자 지랄발광을 하고 있을 가능성도 없지는 않으니까. 어떻게든 밖의 상황을 보고 싶었지만 그럴 수 없다는 게 무척 아쉬울 뿐이었다.

'여기 상황을 전할 수 있으면 좋겠는데…….'

상황이 반전된 것은 발에 땀이 나도록 뛰어다니고 있을 때였다. 어디에선가 조금 익숙한 마력이 느껴진 것.

지금 내가 느끼고 있는 게 내 착각이 아니라면 이 반가운 기운은 그녀의 것이 맞다.

'정하얀?'

입가에 미소가 그려진다.

물론 엘레나를 품에 안고 있다는 걸 깨달은 이후에는 깜짝 놀랐지만 어쩔 수 없는 상황이니 아마 이해해 줄 것이다. 조금 불안한 면이 없지 않아 있기는 했지만 내가 그녀를 안고 있다는 것보다는 내 생사를 확인했다는 것에 더 큰 의의를 두고 있을 것이라 생각했다.

천천히 주변을 바라보자 역시나 익숙한 눈이 시야에 비치기 시작.

'아네모네의 눈.'

확실히 원정대가 이곳에 당도한 것이다. 커다란 눈이 쫄랑쫄랑 나를 따라오는 것이 눈에 보인다. 살리트의 저항력을 뚫고 들어온 것으로도 모자라 내 위치를 정확하게 찾은 것은 소름이 돋을 지경.

물론 외부나 내부를 공격하는 마법은 아니었기 때문에 저항력 판정이 평소와 달랐겠지만 그래도 이런 마법을 선보인다는 건 놀라운 일이다.

정확히 아네모네의 눈 쪽을 바라보고 고개를 끄덕이자 녀석 역시 고개를 끄덕인 것 같은 기분이 들었다. 나를 확인하고 있다고 말하고 있는 듯한 느낌.

'예상이 맞았네.'

지금까지는 거리가 멀었기 때문에 나를 확인할 수 없었다고 생각한 게 들어맞았다. 혹시나 하는 마음이 있었지만 지금 이 사달이 난 것은 원정대원 때문이라는 것을 다시 한번 실감하는 순간이었다.

'전투가 진행되고 있었던 것도 맞았었다는 거네.'

전투가 진행되는 와중에도 내가 그리 신경 쓰인 모양. 쓸데없는 마력을 사용할 시간에 좀 더 집중하라고 말하고 싶었지만 차라리 잘 됐다는 생각도 든다. 이쪽이 원했던 대로 내 뜻을 외부의 인원이 받아들이기 더 편해졌다고 생각했기 때문이다.

"최대한 묶어놔. 심장 쪽으로 달릴 테니까."

"네?"

"그리고 여기 말고 바깥쪽에 집중하고."

분명히 내가 하는 이야기를 들었을 것이 틀림없으리라. 하지만 아직까지 아네모네의 눈은 나를 따라오고 있는 상태. 아네모네의 눈을 바라보며 손짓하자 내 뜻을 알아차렸는지 곧바로 마력이 흩어지는 것이 보였다.

'좋았어.'

어느 정도 진행되어 있는지는 알 수 없었지만 내 뜻은 확실하게 전달했다. 녀석이 입는 충격이 이쪽에도 영향을 끼친다는 사실 정도는 알고 있을 터. 하지만 사정 봐주면서 레이드를 진행시키기에는 적이 제법 강하다.

녀석의 내구력이 얼마나 되는지는 알 수 없지만 아마 정하얀과 김현성의 공격 외의 다른 공격은 제대로 먹히지 않을 가능성이 크다. 물리적인 충격을 주고 있다고는 하지만 내부까지 공격이 닿지 않은 것이다.

덩치가 워낙 큰 만큼 현아의 칼질 역시 한계가 있는 상황일 터. 만약 끝장을 볼 수 있었다면 살리트는 벌써 땅바닥을 뒹굴고 있었으리라.

'도와줘야 한다는 거네.'

절대 마무리 일격이 탐나서 이러는 것이 아니라는 거다.

'아주 좋아.'

정하얀에게 전달한 메시지가 효과가 있었던 것인지 확연히 움직임이 줄어든 느낌. 녀석의 움직임을 당장 억제하고 있는 것 같지는 않았지만 물리적 충격을 줄 수 있는 마법을 최대한 자제하고 있는 것처럼 보였다.

덕분에 조금 더 움직이기 편해졌다. 그 모습에 엘레나가 입을 열어오기 시작했다.

"이기영 님, 지금 혹시……."

"네. 원정대 쪽에서 현재 저희 위치를 확인한 것 같습니다. 아마 조금 있으면 신호가 올 겁니다."

"그렇군요. 다행입니다……. 정말로."

"하얀이가 저를 찾은 것 같습니다. 전투의 양상이 달라진 것을 보니 바깥쪽에서 도움을 주려고 하는 것 같고요."

"잘…… 되었군요."

"빨리 움직이시죠. 아마 몇 분 이내로 신호가 올 겁니다."

"네…… 네!"

다시 한번 육중한 충격이 느껴진 것은 바로 그때. 잠깐 움찔하기는 했지만 크게 놀라지는 않았다. 무엇인가가 위에서부터 녀석을 누르는 압력이 느껴졌으니까.

발버둥 치는 것이 느껴지기는 했지만 놈은 확실히 어느 한 구석에 고정되어 있다. 내부는 흔들리기는 하지만 위치는 변하지 않는다.

'얼마 안 남았어.'

다리가 아프고 숨이 찬다. 하지만 막타를 향한 열정, 아니, 원정대원들을 위험에 처하게 할 수 없다는 각오 때문인지 안에서부터 정체를 알 수 없는 기운이 솟았다.

괜스레 그동안 고생한 것 역시 떠오르기 시작했다. 물론 살리트에게는 고마운 점도 많다. 녀석 덕분에 얻은 게 결코 적지는 않으니까. 하지만 어둠이 빛을 삼키려고 한다는 것 자체가 잘못됐다. 아쉽지만 녀석과는 여기에서 결별할 시간.

[살리트의 심장]

목적지에 당도했다는 걸 깨닫게 해주는 이정표.

거대한 심장이 세차게 움직이는 장면은 압도적이기는 했지만 당연히 멍하니 녀석을 구경하고 싶은 마음은 없다.

조금이라도 더 빠르게 이곳을 벗어나고 싶다. 사실 지금까지 받았던 스트레스를 날려 버리고 싶은 마음이 더 크다.

무한의 가방에 들어 있던 것을 손으로 집어 든 것은 순식간이었다.

'네가 날 먹을 수 있을 알았어?'

녀석이 소화시키기에는 빛기영이 가지고 있는 빛의 기운이 너무나도 찬란했던 것이 분명하리라.

새로 만든 빛 폭탄 물약에 신성력을 쏟아부은 것은 당연지사. 녀석이 내 손을 떠나자 순간 눈이 멀 정도의 찬란한 빛이 포션을 중심으로 퍼져 나가기 시작했다.

"시발……."

뭐라고 표현하는 것 자체가 어려운 빛. 이 장면을 찍어 놓을 수 없다는 게 아쉬울 정도였다.

저도 모르게 터져 나온 외침. 전 세계적으로도 유명한 명대사였지만 꼭 한번 외치고 싶어진다.

"빛이 있으라!!"

빛기영 가라사대 빛이 있으라 하시매.

'빛이 있었노라.'

그 말 그대로.

[달성할 수 없는 위업을 달성합니다.]

[새로운 칭호가 생성됩니다.]

'정말로 살아 있는 걸까…….'

이런 의문을 품는다는 것 자체가 잘못된 생각이라는 건 알고 있다. 하지만 마음속으로는 계속해서 불길한 마음이 솟아나기 시작한다.

사실 이런 불안감을 가지고 있는 것도 무리는 아니리라. 상상도 할 수 없을 정도의 커다란 괴물이 마차를 한입에 삼켜 버리는 것을 두 눈으로 똑똑히 목격했기 때문이다.

어떻게 생각해도 엘룬 나이트들이 저지른 실수. 함께 온 인간들을 원망할 수도 없는 상황이었다.

입안에 쓴맛이 감돌았다. 인간들에 비해 엘룬 나이트들이 너무나 유약하다는 걸 깨달았기 때문이다. 상황 판단은 물론 정신 상태까지. 특유의 오만함으로 무장한 엘룬 나이트들과는 다르게 이 인간들은 항상 침착하고 겸손하다.

실제로 겸손하다는 뜻이 아니다. 적의 수준이 기대에 미치지 못할지언정, 이들은 결코 자만하지 않는다. 만약 이 인간과 엘프의 기본적인 스펙이 같다고 가정해도 나이트들과 그들의 차이는 결코 벌어지지 않을 거라고 생각했다.

'아니. 엘룬 나이트뿐만이 아니야.'

자신 역시 마찬가지였다.

'충분히 신경 쓸 수 있는 거리에 있었어.'

그럼에도 불구하고 움직이지 못했다. 그 압도적인 크기와 위용에 저도 모르게 몸이 굳어버렸다.

생전 처음 보는 종류의 괴물. 다시 한번 눈을 감고 녀석의 모습을 떠올려봐도 다리가 덜덜 떨려올 정도. 다른 엘프들 역시 별반 다르지 않으리라. 그럼에도 불구하고 눈앞에 있는 이들은 다른 종류의 걱정 따위는 하고 있지 않은 것처럼 보였다.

그들의 관심사는 오롯이 이기영이라는 인간의 생사. 그 거대한 괴물이 얼마나 커다랗고 어느 정도로 강한지에 대해서는 전혀 신경 쓰지 않은 채 그저 묵묵히 발걸음을 옮길 뿐이었다.

사고의 충격으로 반쯤 정신을 놓은 것 같은 마법사나 완전히 입을 닫아버린 파란의 길드마스터. 그리고 그를 지켜보고 있는 작은 암살자와 창을 든 여전사는 이해가 간다. 백번 양보해서 커다란 방패를 짊어진 전사까지 포함할 수 있으리라.

하지만 아직 경지에 닿았다고 말하기 힘든 이들의 얼굴도 공포로 일그러지지 않았다는 건 정말로 신기한 일이라고 생각했다.

'믿고 있는 거겠지.'

그들이 무엇을 믿고 있는지는 뻔한 일. 자신보다 긴 검을 든 채로 묵묵히 발걸음을 옮기는 파란의 길드마스터를 믿고 있는 것이리라.

실제로 지금까지 그가 보여준 전투는 비현실적으로 보일 정도. 딱 그런 표현이 어울린다. 속도는 눈으로 좇기 힘들 정도였고 검을 한 번 휘두를 때마다 거대한 악마들이 추풍낙엽처럼 쓰러진다. 검으로 인간이 어디까지 강해질 수 있을지 말해주고 있는 것 같은 느낌. 마치 전신을 떠올리게 할 정도였으니 다른 표현이 필요하지 않으리라.

하지만 불안요소가 없는 것은 아니다. 이 원정대는 강하다. 단언하건대 이들이 상대하지 못하는 몬스터는 대륙 위에 찾아볼 수 없으리라.

하지만 상대도 상대 나름이다. 머릿속에서 여러 가지 가정들이 떠올랐지만 이 괴물이 저 괴물을 이길 수 있을 거라는 확신은 들지 않았다. 만반의 준비를 하고 진입해도 승부를 점칠 수가 없는 상황. 체력적 페널티를 떠안고 있는 상황이라는 것을 떠올리자 괜스레 고개가 저어졌다.

'이런 페이스로 괜찮은 건가?'

현재 원정대원들이 충분히 무리하면서 움직이고 있다는 것 정도는 이미 모두가 인지하고 있을 것이다.

전투가 없어도 행군하기 어려운 지역을 악마들과 몸을 부딪치며 넘어왔다. 수없이 많은 전투를 지나 이곳에 도착한 여파로 몇몇 이는 이미 한계를 맞이한 상태.

이런 몸으로 그 악마를 상대한다는 건 어떻게 생각해도 상상하기 힘들 정도였다.

"엘리오스 님, 정말로 이대로 계속해서 진행해도 괜찮은 겁니까?"

생각에 빠졌을 때 마침 들려온 질문.

고개를 돌리자 걱정스러운 얼굴의 엘룬 나이트의 얼굴이 시야에 비쳤다.

"조금 무리하게 원정을 진행하고 있는지 의심이 갑니다. 물론…… 저들의 마음을 이해하지 못하는 건 아닙니다만 지금이 상태라면 싸우기 전에 패배하는 전투가 될 겁니다."

"나도 알고 있다."

"외부에 지원 요청을 하는 게 좋은 것은 아닌지……. 아니면 다른 방법을 고려해 보는 게 좋을 것 같습니다."

"……."

질문을 던져온 엘프는 공포에 질려 있다. 괜스레 씁쓸한 웃음이 지어졌다. 저 질문에 내면에 담긴 목소리가 들려오는 것처럼 느껴졌기 때문이다. 저도 모르게 나온 웃음의 뜻을 눈치챘는지 얼굴이 붉어진 녀석이 보였다.

하지만 틀린 소리는 아니다. 상대는 타의 추종을 불허하는 괴물. 체력을 회복하지 않고 네임드 몬스터를 상대한다는 건 자살행위에 가깝다.

천천히 주변을 바라보자 창을 든 여자, 조혜진이 시야에 비쳤다. 그녀를 향해 발걸음을 옮겼다. 문제에 관한 이야기를 나누어야 했기 때문이다.

"조혜진 님."

"마침 잘 오셨습니다, 엘리오스 님."

"네."

"길드마스터께서 던전의 끝에 가까워졌다고 판단. 지친 엘프분들은 이대로 휴식을 가지는 게 좋을 것 같다고 말씀하셨습니다. 길지 않은 시간이지만 이곳에서 잠깐 체력을 회복하시면 될 것 같습니다."

"그렇다면 본대는……."

"본대는 계속해서 원정을 진행하겠다 말씀하셨습니다. 파란의 한소라, 김창렬, 유아영은 이곳에 남아 엘프 여러분과 함께 만일의 사태에 대비합니다. 길을 뚫어놓을 테니 이후 정리를 부탁드리겠다고 말씀하셨습니다."

'진심인가.'

농담하는 것처럼 보이지는 않는다. 실제로 몸을 움직일 준비를 하고 있는 이들의 시야에 들어왔으니까. 계속해서 눈물을 흘리고 있던 마법사는 벌써 일어서 걸을 준비를 하고 있었고 다른 이들의 상황 역시 별반 다르지 않다.

이들에게 이기영이라는 인간이 얼마나 중요한지에 대해서 알 수 있었다. 당연하지만 나 역시 같은 기분이다. 엘레나를 잃는다고 생각한다는 건 감히 상상하지도 못한 일이다. 결국에는 입에서 저도 모르게 목소리가 흘러나왔다.

"저도 함께 가겠습니다."

"……."

"분명히 도움이 될 겁니다. 아니, 꼭 함께하고 싶습니다. 나이트 중에서도 체력의 여유가 있는 자가 있을 겁니다. 부족하지만 도움이 될 수 있도록 최선을 다하겠습니다."

"아니, 아닙니다. 엘리오스 님. 오히려 저희가 부탁드리고 싶었던 심정이라. 함께해 주신다고 하시니 뭐라 감사의 말씀을 드려야 할지……."

"감사하실 일이 아닙니다. 당연히 해야 할 일입니다."

"그럼 곧바로……."

"네."

천천히 무장의 상태를 점검하는 것은 당연. 불안감을 떨쳐내기 위한 일이었지만 신기하게도 효과가 있는 것 같은 기분이 들었다.

물론 몸은 떨린다. 하지만 이번 일은 위험을 감수할 만한 가치가 있을 것이다. 두려움이라고는 보이지 않은 인간들을 바라보니 아까의 생각이 더 확고해지는 것 같은 기분이 들었다.

천천히 이동하던 원정대는 점점 더 속도를 높인다. 알 수 있다.

'끝에 다다르고 있는 거야.'

점점 더 안쪽으로 진입할수록 이전에 느꼈던 압박감이 계속해서 전신을 강타하기 시작. 애써 아무렇지도 않은 척했지만 몸이 먼저 거부감을 느끼는 감각은 익숙하지 않다.

다른 이들의 얼굴에도 점점 각오가 들어선다. 지금껏 침묵을 유지하고 있던 김현성이 입을 연 것은 바로 그때. 정체를 알 수 없는 압박감에 숨조차 쉬기 힘들어지고 있다는 생각을 했을 때였다.

"심호흡."

"네…… 네."

"진입 준비합니다."

"네."

"정하얀 씨와 선희영 씨를 지키는 것을 최우선으로 하겠습니다. 혜진 씨와 예리는 최대한 후위의 보호에 집중. 정연 씨는 하얀 씨를 최대한 보조해 주시고…… 힘들겠지만 안기모 씨가 파티원의 전체적인 회복를 감당하시게 될 겁니다."

"저 혼자서 말입니까? 길드마스터?"

"네. 신성력의 대부분은 대미지와 버프 유지로 제한합니다. 전위에 부담이 가겠지만 덕구 씨는 최대한 개인 물약으로 버텨주시면 됩니다."

"알겠소."

"위험하다고 생각하면 매뉴얼대로 몸을 뺄 수 있도록 하겠습니다. 단 덕구 씨가 남는 것이 아니라 제가 마지막에 남습니다. 그리고."

"네."

"엘리오스 님 역시 전투의 주축을 담당하시게 될 겁니다. 분명히 효과가 있을 겁니다. 엘리오스 님이 가지고 있는 힘과 적의 힘은 상극에 가깝습니다. 두려운 건 알고 있습니다. 부끄러워하실 일이 아니라 자연스러운 일입니다. 적 역시 엘리오스 님을 신경 쓰고 있다는 걸 계속 떠올리신다면 움직이기 편할 겁니다."

"조언 감사합니다."

조용히 고개를 끄덕이는 얼굴.

"진입합니다."

목소리와 함께 커다란 동공 안으로 진입한다. 시야에 비친 것은 뭐라 형용하기 어려운 장소. 뒤틀린 연못이라 전해 들었지만 바로 앞에 있는 것은 크기를 가늠할 수 없는 호수에 가깝다. 그리고 그 호수에 연결되어 있는 것이 바로 세계수의 뿌리였다. 전에도 본 적 있는 흉측한 마수가 뿌리를 감고 있는 모습이 시야에 비쳤다.

저 외관을 무엇이라 설명해야 할까. 전체적인 이미지는 뱀에 가깝다. 하지만 수만 개의 이빨이 달린 입은 절대로 평범한 뱀이라고 할 수 없다.

마치 시체의 거죽을 뒤집어쓴 것만 같은 외관. 녹지 않은 얼음 같은 눈이 동시에 자신을 응시하는 모습이 눈에 들어왔다. 알 수 없는 소름에 몸이 떨려온 것은 당연지사. 하지만 방금 전 들었던 이야기를 되새기며 잡힌 검을 고쳐 잡는다.

그러나 거대한 두 개의 혀를 낼름거리지만 관심이 없다는 듯이 고개를 돌리는 모습은 가관.

'싸울 가치도 없다는 건가…….'

마치 벌레를 보는 것 같은 눈이다.

'그래. 벌레처럼 보이겠지.'

저 압도적인 존재 앞에 인간이나 엘프는 마치 벌레처럼 보이리라. 그런 녀석의 눈이 경계태세에 들어간 것은 바로 그때였다. 뒤쪽에서 폭발적인 마력이 터져 나오기 시작했다.

"도, 돌, 돌려줘. 히끅. 돌려줘."

"……."

"돌려줘! 돌려줘!! 돌려줘!!! 돌려줘!!! 돌려줘!!!!"

"전투 준비."

"내놔! 내놓으라구! 내놔! 내놔!"

"진입."

감히 측정도 할 수 없는 어마어마한 마력. 그 마력은 순식간에 마법이라는 형태로 변화를 시도한다.

캐스팅되는 것은 5개의 마법. 거대한 화염을 비롯한 자연계 마법들이 생성된 이후, 이형의 괴물에게 내리꽂히는 모습은 마치 동화 속에서나 나오는 것 같은 이야기다.

땅이 갈라지고 폭음이 터져 나오는 것은 순식간이었지만 검을 든 소녀는 당황하지 않는다. 오히려 곧바로 전투태세에 들어가는 모습은 전율이 느껴졌다.

그 와중에 마법은 결국 거대한 괴물에게 틀어박혔고 놈을 바닥에 처박히게 했다.

'말도 안 돼…….'

대미지가 있는지 없는지는 확인할 수 없다. 하지만 물리적인 충격 때문인지 놈의 몸이 밀려나는 것이 확실히 눈에 보인다.

'미친…….'

숨을 몰아쉬고 있는 마법사를 중심으로 방진이 만들어지기 시작. 선희영이라는 이름의 사제가 기도를 드리자 곧바로 방진을 감싸는 투명한 막과 함께 사방에서 빛무리가 뿜어져 나오는 것이 시야에 비쳤다.

'신성화.'

고위 사제 중에서도 쓸 수 있는 이가 얼마 없다고 알려져 있는 신성 마법.

벌레를 바라보는 눈빛을 보였던 마수의 눈이 뒤바뀐다. 순식간에 몸을 일으킨 녀석이 곧바로 전방을 향해 쇄도하는 순간, 어디에선가 날아온 참격으로 인해 녀석이 고꾸라졌다.

시야에 비친 것은 검을 들고 있는 소녀. 파란의 길드마스터이자 원정대의 리더. 교국 10강이자 신에게 선택받은 천재라는 수식어가 따라다니는 존재.

'강하다는 건 알고 있었지만…….'

"쓰레기 자식."

온몸에 소름이 돋을 정도였다.

분명 검을 한 번 휘둘렀을 뿐이다. 그런데도 불구하고 저 커다란 덩치를 가지고 있는 마수가 옆으로 고꾸라졌다. 검에서 뿜어져 나온 기운은 뭐라 형용하기 어려울 정도.

인간이 저 정도의 참격을 뿜어낼 수 있다는 사실이 믿기지 않는다. 눈앞에 있는 마수는 과장해서 말한다면 거대한 언덕이요, 산이다. 그 정도의 크기를 가지고 있는 마수가 한 인간이 휘두른 검에 균형을 잃었다는 것은 눈으로 직접 확인하면서도 의구심이 남을 정도였다. 같은 길드원들 역시 멍하니 그 모습을 바라보고 있었으니 다른 설명은 필요 없으리라.

지금까지는 힘을 숨겼다고 생각하는 게 맞다.

"허억. 허억. 허억……."

계속해서 거친 숨을 쉬고 있는 마법사와는 다르게 눈앞에 있는 검사는 흐트러짐이 없다. 잠깐 동안 주먹을 꽉 쥐게 된 것은 당연지사. 한낱 인간이 이 정도까지 성장할 수 있다는 사실이 전율로 다가왔기 때문이다.

절로 존경심이 들어선다. 그가 들어선 경지가 어느 정도인지 가늠할 수조차 없었다. 하지만.

'대미지가 없나.'

공격을 받은 녀석이 멀쩡한 것이 문제. 아마 평범한 몬스터였다면 첫 번째 참격에 몸이 반으로 잘려 나갔을 것이다. 아니, 첫 번째로 터져 나왔던 마법으로 이미 커다란 상처를 입었을 것이 분명하다. 하나 이 정도 공격으로도 녀석의 외피를 뚫어 낼 수는 없었던 모양이다.

다시 한번 견제용 마법과 엘룬나이트들이 쏘아낸 화살이 날아들었으나 커다란 효과가 있을 리 만무. 단순히 시간을 버는 게 고작이다.

물론 뒤에서는 예의 그 마법사가 다시금 캐스팅을 외우고 있었지만 지금 상황에서는 딱히 효과가 없을 거라고 생각했다. 화풀이로 마법을 쏘아대 봤자 외피에 물리적인 충격을 주는 것이 고작이리라.

'이건 아니야.'

어떻게 봐도 장기전으로 갈 확률이 높다고 할 수 있는 상황. 정하얀이라는 마법사가 자신의 출력을 감당하지 못한 채 리타이어한다면 팽팽하다고 할 수 있는 균형이 순식간에 무너질 것이다.

현재 녀석의 외피에 상처를 줄 수 있는 수단은 그녀의 마법과 파란 길드마스터의 검. 고개를 돌리자 역시나 이성을 잃은 것 같은 마법사의 눈이 시야에 들어왔다.

'안 돼.'

소리를 치려고 했지만 다시 한번 몸을 일으켜 몸을 날려 온 마수 덕분에 입술을 꽉 깨물 수밖에 없었다.

순식간에 거대한 방어막과 함께 거대한 방패를 든 사내에게 여러 가지 보조 마법이 내려와 꽂힌다. 이미 입안 한가득 포션을 머금은 전사는 몸을 가리기 위해 방패를 치켜든다.

"덕구 씨! 보호 마법부터!"

"거, 알고 있다니까! 걱정 마쇼, 형씨! 여기서 죽지는 않을 거라니까!"

콰직!

원정대원들을 지킨 방어 마법이 완전히 부서져 내렸다. 그

틈에 방패를 든 전사는 한 발자국 앞으로 들어가 마수의 머리를 빗겨 쳐낸다.

녀석의 경로를 바꾸려고 하는 것이 틀림없으리라. 힘이 있다고 할 수 있는 행동이 아니다. 말 그대로 절정에 이르렀다고 할 수 있는 기예. 혹여나 버틸 수 있는 힘이 부족하지 않을까 걱정하기는 했지만 때마침 날아든 마법이 힘을 보탠다.

"정연 씨, 나이…… 커헉!"

"덕구 씨!"

만약 실수했다면 곧바로 전멸이었다. 황정연이라는 마법사가 마법을 쓴 타이밍과 방패를 빗긴 타이밍이 정확히 일치하지 않았다면 장담컨대 방패를 든 전사는 방금의 공격으로 피떡이 되어버렸으리라.

방어에 성공했다고 말할 수 있음에도 불구하고 방패를 든 전사의 몸이 완전히 부서진 상황. 황급히 포션을 들이켠 동시에 전투 사제의 회복 주문이 계속해서 날아 들어와 꽂힌다.

전위가 만들어준 타이밍. 이후에 이성을 잃은 마법사의 마법이 들어와 꽂힐 거라 생각했지만…….

"주문 취소. 하얀 씨는 기영 씨를…… 찾습니다."

"아! 아! 아아! 네! 네!"

아직 완전히 이성을 잃지는 않은 모양. 캐스팅하고 있는 마법을 취소시킨 그녀를 확인한 순간 고개를 끄덕일 수밖에 없었다.

마법이 쏟아지지 않는다면 근접직군의 차례. 전위가 만들어 준 타이밍. 곧바로 달려들어 가는 것과 동시에 계속해서 들어오고 있는 버프들.

'완벽해.'

무기에는 희미하게 신성력이 서린다. 선희영이라는 사제의 능력이 빛을 발하는 순간이다.

나 역시 최대한 안에 있는 기운을 검에 몰아넣고 검을 내질렀지만…… 공격이 들어간다는 감각이 없다. 압도적인 내구에 모든 공격이 막히고 있는 것이 틀림없으리라.

"대미지를 입혔는지 입히지 않았는지에 대해서는 신경 쓰지 않습니다."

"네. 알겠습니다."

원하는 것은 장기전. 한 사람이라도 실수하면 전멸이다. 그리고 이 팽팽한 상황을 유도해 주고 있는 이가 바로 파란의 길드마스터였다.

무척 정신없는 시간이 지나간다. 원정대는 계속해서 녀석의 공격을 버티고 있었고 녀석 역시 참격과 마법을 계속해서 몸으로 받아내고 있는 상황.

불리한 것은 이쪽이었지만 그 절박함과 불안함이 완벽한 집중력을 끌어낸다.

아마 모두 나와 다르지 않은 상태이리라. 눈 한 번 깜빡이지 않은 채 눈앞에 있는 마수를 마주하고 있는 규격 외의 인간 같은 경우에는 홀로 다른 세상에 들어가 있는 것처럼 보일 정도.

일종의 영역에 들어가 있는 것처럼 보인다.

마법이 터져 나오고 검이 휘둘러진다. 보호막이 깨지는 동시에 회복 주문을 외우는 사제의 목소리가 들린다.

'집중.'

"집중!!!"

"할 수 있소. 조금만 더 집중!"

나 역시 마찬가지. 입술을 꽉 깨물고 부족하지만 검을 휘두른다.

아무리 불가능한 일일지라도 두드리다 보면 결국에는 깨진다. 지금 이 일련의 과정은 떨어지는 물로 바위의 구멍을 내는 작업. 그 한 번을 위해 수십, 아니, 수백, 아니, 수천 번의 견고한 탑을 쌓는 과정. 무너지지 않게 계속해서 균형을 잡아가며 위태위태한 것을 계속해서 독려하며 그렇게 탑을 쌓는다.

적에 대한 두려움은 가라앉고 실수에 대한 압박감은 점차 사라진다. 혹시나 발을 헛디디더라도 뒤를 봐줄 수 있는 이들이 있다는 걸 깨닫고 있기 때문이리라. 상황이 반전된 것은 바로 그때.

"우, 움직임을 멈추게 해요."

"그게 무슨 소리요? 누님."

"오, 오빠가 말했어요. 오빠가…… 분명히 말했어요. 최대한 묶어놓으라고. 심장 쪽으로 달리고 있다고."

"그게 참이요? 형님이 살아 있는 거요? 괘, 괜찮은 거요?"

"네. 히끅. 살아 있어요. 멀쩡해요. 상처도 없이…… 히끅. 흐어어어엉……."

"기, 길드마스터 형씨!"

"이미 들었습니다. 작전을 변경. 최대한 녀석의 움직임을 묶어놓습니다."

"거 알았다니까! 다들 기운 내쇼!"

'이건……'

반사적으로 마법사를 바라보자 고개를 끄덕여 오는 모습이 보였다.

엘레나 역시 살아 있는 것이 분명. 저도 모르게 주먹이 꽉 쥐어진다. 희망을 버리지 않은 보람이 있다. 진심으로 그렇게 느껴졌다.

기뻐하는 것은 나뿐만이 아니다. 지금껏 계속해서 굳은 표정을 유지했던 파란 길드마스터 역시 어느덧 입가에 미소가 서려 있다.

누가 봐도 안심하고 있는 표정. 살아 있다는 건 계속해서 들어서 알고 있었겠지만 직접적인 소식을 듣자 기쁜 기색을 숨기기 힘들어 하는 것처럼 보였다. 곧바로 작전의 내용을 바꾸는 것 역시 그 여파일 터.

'위험할 수도 있어.'

본래는 녀석의 갑옷에 금을 가게 한 이후에 내부로 화력을 밀어 넣는 상황을 염두에 뒀음이 틀림없다. 그렇게 하기 위한 장기전이었고 실제로 작전은 원활하게 진행되고 있는 도중. 지금 와서 갑작스레 노선을 변경한다는 건 사실상 무리수에 가깝다. 하지만.

'믿고 있는 거야.'

이들은 서로를 신뢰하고 있다. 서로를 믿고 있기 때문에 여러 가지를 고려하지 않고 임할 수 있는 것이 틀림없으리라.

묶어줬으면 한다.

단지 그걸로 끝이다. 그 어떤 부연 설명도 없었던 그 말에 원정대 전체가 노선을 변경했다. 길드마스터도 마법사도, 다른 이들 역시 그 어떠한 이견 없이 곧바로 방향을 선회했다.

평소였다면 미친 짓이라고 생각했음이 분명했겠지만 이들과 함께한 시간을 떠올리자 자신 역시 믿을 수 있을 것 같다고 생각이 들기 시작했다

무언가 방법이 있을 것이다. 여기에 자리해 있는 이들이 이토록 신뢰를 보낼 정도의 인물이라면 분명히 무언가 방법을 가지고 있을 것이다.

그렇게 고개를 끄덕인 채 몸을 날린다. 조금이라도 더 도움이 되기 위해 최대한 검을 꽉 쥔다.

“못에서 최대한 떨어뜨립니다.”

“알겠소.”

거대한 마력이 다시 한번 터져 나온다. 안에 있는 마력을 전부 끌어온 것 같은 모양새.

앞은 신경 쓰지 않는다. 혹여나 자신이 공격당하리라는 것도 고려하지 않는다. 최대한 녀석의 몸을 연못으로 끌어들이기 위해 창을 든 여전사와 단검을 든 소녀가 몸을 날린다.

녀석이 숨을 크게 들이마신 것은 바로 그때.

‘브레스?’

정확히 주문을 외우고 있는 마법사를 향하고 있는 어마어마한 기운. 맨 처음 달려든 것은 방패를 든 남자.

“위험합니다!!”

터져 나온 목소리에도 불구하고 남자는 물러서지 않는다.

‘죽는 게 무섭지도 않은가!’

전사의 몸이 녹아내리는 끔찍한 영상이 머릿속을 스쳐 지나갔을 때, 어느새 모습을 드러낸 파란 길드마스터가 녀석의 등을 타고 올라가기 시작했다.

눈으로 가늠할 수 없는 속도. 사실 뭘 한 거지는 알 수도 없다. 하지만 목 부근에 갈라지며 피를 흘리고 있는 마수를 보며 그, 아니, 그녀가 검을 휘둘렀다는 사실만 추측할 뿐이었다.

균형을 잃은 녀석의 입이 공중을 향하고 거대한 기운을 담은 브레스가 뿜었다.

동공의 천장이 무너지고 파편들로부터 원정대원을 보호하기 위한 마법이 실현되고, 동시에 마력으로 이루어진 쇠사슬이 녀석을 칭칭 묶어 나가기 시작했다.

촤르르르륵!

하는 소리와 함께 사방에서 뻗어 나온 빛을 품은 쇠사슬은 말 그대로 마수의 몸을 꽉 잡아내고 쇠사슬을 중심으로 여러 가지의 보조 마법과 바인드 마법들이 쏟아져 내렸다. 심지어는 근접직군들 역시 마력을 보내오고 있다.

"이이이이이익!"

마법을 유지하는 것 역시 쉽지 않은 일. 얼마나 버틸 수 있을지에 대해서도 판단이 서지 않는 상황. 잘못하면 지금 당장 쇠사슬이 끊어질 수도 있다.

'얼마나 남은 거지?'

초조한 마음이 드는 것도 무리가 아니리라.

혹시나 이번 일이 실패했을 경우에 일어난 일을 감당하기 힘들다는 것을 알고 있었으니까. 하지만.

'믿어야 돼.'

저들이 자신의 동료를 믿는 것처럼 이쪽 역시 저들을 믿는다.

'엘룬이시여.'

"이이이이이이익!"

'엘룬이시여!'

기적을.

'신이시여.'

기적을!!

"조금만 더 버티면 되는 거요! 조금만 더!"

기적을!!!

"엘룬이시여!!!"

기적을!!!!

"기적을!! 이들의 믿음과 숭고한 투쟁에 대한 보답을!!!"

"이이이익!"

"엘룬이시여어어!!!!"

그리고. 세상이 빛으로 물들어가기 시작했다.

신께서 기도를 들어주신 건 아니다.

하지만 분명히 엘룬의 이름을 외친 직후. 틀림없이 녀석의 안쪽에서부터 눈을 뜨기 힘들 정도의 빛이 쏟아져 나오기 시작한다. 녀석의 상처 부위와 비늘을 사이로 계속해서 찬란한 빛이 뿜어져 나온다.

마수는 계속해서 비명을 내지른다. 녀석이 울부짖음을 토해내는 아가리 속에서도 눈을 뜨기 힘들 정도의 빛이 쏟아져 나온다. 감히 재단하는 것조차 불가능한 거대한 신성력. 지금까지 얻은 상처들이 순식간에 아물어 간다.

"말도 안 돼……."

다른 수식어가 필요할 리가 없다.

'빛……'

찬란한 빛 사이, 가슴속에 꽉 차 있는 말을 그대로 내뱉을 수밖에 없었다.

"빛이…… 있으라."

"빛이 있으라!!"

'고맙다! 엘룬 쓰레기! 네 딸은 잘 받아간다!!'

[달성할 수 없는 위업을 달성합니다.]

[새로운 칭호가 생성됩니다.]

[빛의 성자]

[마력이 1 올라갑니다.]

'욜로!!!'

감격하여 소리를 지를 뻔한 순간이었다. 절로 주먹이 꽉 쥐어진 것은 당연지사. 마력 능력치야 반쯤 포기하고 있었지만 이런 선물이 달갑지 않을 리가 없다.

빛의 성자 이기영.

신의 선물을 거절하는 게 예의가 아니라는 것 정도는 그 누구보다도 잘 알고 있다. 베니고어 여신님의 마음을 제일 잘 헤아려주는 신도 중의 참 신도. 지금 내 눈앞에서 일어나고 있는 기적 같은 일은 바라보고 있자면 빛의 성자라는 칭호가 내려오는 것도 무리가 아니리라.

'마력 +1 적립이고요.'

이 기세로 마력 60을 넘는 것 아닌가 하는 행복회로를 돌린 것도 잠시. 눈앞에 펼쳐지는 숭고한 광경에 저도 모르게 시선을 빼앗겨 버렸다.

너무나도 환한 빛 때문에 눈을 뜨지 못해야 정상이건만 이상하게도 빛이 사방으로 퍼져 나가는 것이 너무나도 눈에 잘 들어온다. 어떻게 설명할 수 없는 찬란한 광경에 엘레나 역시 멍한 표정으로 전방을 바라보는 중. 뻗어 나간 빛은 나와 엘레나를 감싸고 녀석의 심장을 에워싼다.

화아아아악!

사방으로 뻗어 나가는 신성력. 아름답다는 단어조차 지금 이 광경을 서술해 주기에는 부족함이 있으리라.

엘룬 쓰레기가 딸을 내몰았던 탓인지는 모르겠지만 확실히 빛 폭탄에서 엘룬의 기운이 느껴지는 것만 같았다. 그야 엘레나를 촉매로 완성했으니 당연한 결과.

다시 한번 하늘 위의 쓰레기의 결단력에 박수를 보내고 싶은 심정이었다는 것은 언급할 필요도 없다.

어디까지 빛이 뻗어 나가고 있는지 도무지 감이 잡히지 않았지만 한 가지 확실한 것은 효과가 기대 이상이었다는 것. 밖이 아닌 안에서 터뜨렸기 때문에 더 극적으로 보일 수도 있다.

하지만 뻗어 나간 빛들에 의해 갈라지고 있는 내부는 경이롭게 느껴질 정도.

설명은 길었지만 빛이 뻗어나간 시간은 찰나. 처음 목표물이라고 할 수 있었던 놈의 심장은 이미 빛으로 사라지고 있다.

'크으으으으. 이게 빛의 힘이지! 아암 그렇고말고!'

[전설 등급의 던전, 뒤틀린 연못의 공략을 완료합니다.]

[새로운 칭호가 생성됩니다.]

[세계수의 수호자]

[마력 1 올라갑니다.]

'마력 +2 적립! 얼쑤 지화자!'

던전 공략은 방금의 마무리 일격으로 완전히 끝을 맺었다. 준신화 등급의 몬스터치고는 너무나도 허무한 결말.

그동안 제법 다리가 아프기는 했지만 빛의 영향 때문인지 그것마저 쌩쌩하게 느껴질 지경.

배고픔에 당장 업진살 생각이 나기는 했지만 여러 가지로 열심히 챙겨 먹은 덕분에 그다지 급하지도 않다. 연이어 들려온 행복한 소식에 저도 모르게 상태창을 열어봤다.

조금 오랜만에 열어본 것 같았지만 크게 달라지지는 않았다.

[플레이어 이기영의 상태창과 재능 수치를 확인합니다.]

[이름-이기영]

[칭호-용병여왕의 정부, 베니고어 신성 제국의 명예추기경, 용의 배우자, 최초 발견자, 용을 실험한 연금술사, 대륙 수호자, 균열박물관 4등급 관리자, 막스의 보호자, 빛의 성자, 세계수의 수호자.]

[나이-26]

[성향-용의주도한 전략가]

[직업-빛의 연금술사-준신화 등급]

[직업효과-기초 마법 지식 습득]

[직업효과-기초 연금 지식 습득]

[직업효과-중급 연금 지식 습득]

[직업효과-특수 소환 지식 습득]

[직업효과-고급 연금 지식 습득]

[직업효과-용 전문 연금 지식 습득]

[능력치]

[근력-25/성장한계치 일반 이하]

[민첩-25/성장한계치 일반 이하]

[체력-30/성장한계치 일반 이하]

[지력-93/성장한계치 영웅 이상]

[내구-25/성장한계치 일반 이하]

[행운-75/성장한계치 영웅 이상]

[마력-53/성장한계치 일반 이하]

[장비]

[마력방패의 반지-희귀 등급]

[라무스 터커의 연금학개론-영웅 등급-연금술사 전용]

[저주를 내리는 검 율리에나-전설 등급-주인의식]

[용 숨결 물약-전설 등급-소비 아이템(제한 없음)]

[빛 폭탄 물약-준신화 등급-소비 아이템(1/3)]

[특성-마음의 눈-전설 등급]

[고유 기벽-거짓말쟁이의 유혹]

[총평-세#수의 신 엘# 이 ##### ##### 알 수 없는 이유로 총평이 보이지 않습니다.]

'세수의 신 엘 뭐시기는 또 뭐야?'

마력이 무려 53.

전혀 성장하지 않을 거라고 생각했었지만 꾸역꾸역 앞을 향해 나아가고 있다는 사실에 기분이 좋아진다. 저도 모르게 입가에 한가득 미소가 그려졌다. 제법 골치 아픈 문제를 한꺼번에 해결하다 못해 크게 한탕 했으니 행복회로가 풀가동되는 것도 무리는 아니리라.

남은 문제는 무척이나 사소하다.

'어떻게 등장하는 게 좋을까.'

아무래도 제 발로 걸어 나가기에는 조금 민망한 부분이 있는 것이 사실. 많은 시간을 녀석의 안에서 보낸 만큼 구출되는 그림이 조금 더 적절하리라.

정하얀이 조금 신경 쓰이기는 했지만 가련한 레이디를 보호하는 이미지 메이킹을 추가하는 것도 나빠 보이지는 않는다.

때마침 느껴지는 외부의 충격에 살며시 그녀를 안으며 등을 돌린 것은 당연지사. 별일이야 없겠지만 혹시 모를 상황에 고기 방패가 되어주겠다는 액션이 빛을 발한 순간이었다.

"이기영 님……."

"전부 끝났습니다, 엘레나 님."

"정말…… 정말로 끝났군요."

시원섭섭하다는 얼굴이다. 체력적으로, 또 정신적으로 많이 지쳤는지 귀가 축 처져 있는 것이 보인다.

하지만 마음을 굳게 먹은 모양. 혹시나 이곳에서 조금 더 갇혀 있으면 좋을 텐데…… 따위의 하얀 생각을 하고 있는 건 아닌지 의심했지만 엘레나는 정하얀이 아니다. 본인도 본인 나름대로 복잡한 감정을 숨기기 힘든 것 같았다. 밖으로 나간 이후에 어떻게 해야 할지에 대해 생각하고 있는 게 틀림없으리라.

나야 뭐 어찌 되든 상관없긴 하다. 물론 곁에 두면 유리한 것이 사실이기는 하지만 일국의 공주가 한낱 길드원이 된다는 사실 자체는 왕국 쪽에서도 달갑지 않게 생각할 것이 분명하다. 여러 가지를 생각해 보면 당연히 머리가 아플 만한 타이밍.

나 역시 잠깐 동안 고민되었지만 생각에 오래 빠져 있기엔 힘들었다. 외부에서 반가운 목소리가 들려왔기 때문이다.

마치 동굴에 빛이 들어오는 것처럼 위에서 빛이 흘러들어온다. 커다란 동공에서 쏟아져 내리는 빛은 내가 만든 빛보다는 못 했지만 나름 봐줄 만했다.

'상쾌하네.'

흘러들어 오는 공기 역시 맑게 느껴진다. 사실 별다른 차이가 없는 것 같긴 했지만 악마의 안보다는 무조건 쾌적할 것이다.

나와는 다르게 엘레나가 크게 숨을 들이마시는 모습이 눈에 들어왔다. 말은 하지 않았지만 안에 있었던 시간이 무척이나 답답했던 것이리라.

"오빠! 오빠! 오빠!"

역시나 처음 들려온 목소리는 정하얀의 것. 목소리가 들리는 위를 바라보자마자 점프하듯 뛰어내리는 정하얀의 모습이 시야에 비쳤다.

순간적으로 깜짝 놀라기는 했지만 엘레나를 잡고 있던 손을 놓은 이후에 정하얀을 받아 들었다. 근력 수치가 제법 올랐다고 생각했지만 물불 안 가리고 뛰어든 그녀를 받아내기에는 무리가 있었던 모양. 받아 든 동시에 곧바로 넘어져 버렸지만 기분은 나쁘지 않았다.

"흐어어어어엉."

당연하지만 울음소리가 울려 퍼졌다. 웃게 만든 시간보다 울게 만든 시간이 더 많았던 것은 아닌가에 대해 자기반성을 한 것도 잠시. 꽉 껴안아주고 머리를 쓰다듬으니 어느새 히끅거리는 목소리만 들려오기 시작했다.

살짝 고개를 돌리니 엘레나가 조용히 고개를 끄덕이는 모습이 보인다. 혹시라도 난리를 치지 않을까, 걱정하긴 했지만 타고난 성정은 변하지 않은 것 같았다.

"히끅. 히끅."

"걱정 많이 했지?"

"네……."

머리를 한 차례 쓰다듬으니 조금씩 진정하는 듯했다. 평소였다면 떨어지지 않으려고 발광을 했겠지만 최근 성장했는지 몸을 비키는 것이 보였다. 물론 내가 일어서자 곧바로 옆에 찰싹 달라붙어 오기는 했지만 그래도 이게 어딘가. 그동안 마음고생이 심했을 만큼 조금 귀찮은 정도야 얼마든지 감내할 수 있다.

부유 마법으로 천천히 공중으로 몸이 떠오르자 자연스레 살리트의 안을 벗어나게 된다. 시야에 들어온 것은 멍한 표정으로 나를 바라보고 있는 엘리오스 및 엘프들과 파란의 길드원.

박덕구는 엉망이 된 얼굴로 벌써부터 눈물을 일발 장전하고 있었고 선희영 역시 눈물을 훔치고 있다. 그 외도 다르지 않다. 황정연이나 김예리, 조혜진도 반가운 표정. 안기모야 말할 필요도 없다. 병아리들 같은 경우에는 전투에서 빠진 듯 보였는데 무척 적절한 조치였다고 생각했다.

사실 파란 길드원들의 반응보다 더 신경 쓰였던 것은 엘프 쪽의 반응이었다. 헐레벌떡 뛰어와 엘레나를 품에 안고 그녀의 안위를 살피는 와중에도 나를 귀신 보듯 쳐다보는 모습은 어떻게 봐도 재미있다.

'밖에서도 보였나 보네.'

틀림없이 엘룬 쓰레기의 힘을 느낀 것이 분명. 마치 신성한 것을 대하듯 약간의 거리마저 유지하고 있는 모습은 가관이라 할 수 있으리라. 이걸 어떻게 이용해야 할지 고민하던 찰나, 들어온 것은 덕구 녀석의 목소리와 길드원들의 격려 타임.

제법 뻔한 시간이었지만 당연히 기분은 좋다. 뒤이어 들어온 한소라와 김창렬, 유아영도 마찬가지. 너무나도 한꺼번에 많은 질문이 들어온 덕분에 대답하기도 쉽지 않을 지경이다. 그렇게 계속해서 어색한 웃음만 짓고 있을 때였다.

"기영 씨."

"아, 길드마스터."

아직까지 변한 모습을 유지하고 있는 김현성, 아니, 김현아. 왠지 모르게 김현성이라는 말이 제대로 떨어지지 않는다.

뭔가 복잡한 표정을 담은 녀석의 얼굴을 보자 왠지 모르게 울컥한다.

'걱정했구나, 이 새끼. 걱정 마라. 형은 멀쩡하다.'

마치 죽어가던 아기 새가 살아나는 기적을 목도한 어미 새의 표정. 뭐라고 말을 이으려고 하지만 자꾸만 목이 메는지 입가에 맴도는 말을 집어넣는 모습이 시야에 비쳤다.

'그래…… 인마. 형 살아 있다.'

"저……."

"하하하. 뭐 이렇게 살아 있게 됐습니다."

"……."

"조금 당황하기는 했지만…… 덕분에……."

"아니…… 저……."

"자세한 설명은 복귀하면서 드리겠습니다. 저도 듣고 싶은 이야기가 많고. 아, 저 사체를 어떻게 처리해야 할지도 이야기해 봐야죠. 조금 시간이 걸릴 거라 생각했는데…… 이렇게 빨리 찾아와 주실 줄이야. 정말 상상도 못 했습니다. 고생하셨습니다. 현성 씨."

"그러니까……."

"감사합니다."

"아뇨. 감사할 일이……."

"크게 신경 쓰지 않으셔도 됩니다. 이유야 어떻게 됐든 결과적으로는 이렇게 무사하게 됐으니까요. 아, 그리고 오염된 영혼의 치료에 대해서도 이야기를 드려야 할 것 같은데……."

"……."

'진짜 엄청 걱정했나 보네.'

딱 눈에 보이는 표정이 그렇다. 정하얀이나 박덕구보다 더하면 더했지 덜하지는 않은 느낌. 이미 펑펑 울고 있는 둘과 다르게 눈물만 흘리지 않았을 뿐이지 표정은 똑같다. 정말로 살아 있다는 걸 확인하자 긴장이 풀린 것이 틀림없으리라.

최근 꽤 다채로운 얼굴을 봤다고 생각했었지만 정말로 울기 직전까지 내몰린 얼굴을 볼 줄은 상상도 못 했다. 온몸에 덕지덕지 흙이 묻어 있는 모양새는 가관. 그걸 털어낼 생각도 하지 않은 채 자꾸만 머뭇거리고 있는 모습. 뭔가 말을 꺼내려고 하는데 아직도 잘 나오지 않는 모양이다.

잠깐 크게 숨을 쉰 이후에 입을 열었다.

'다녀왔습니다' 따위의 삼류 일본 만화에서나 튀어나올 명대사를 외치고 싶었지만 아쉽게도 내가 직접 입 밖으로 내뱉기에는 오글거리는 면이 있다.

"그러니까…… 음. 이렇게 살아서 돌아왔습니다. 하하."

이 정도로도 충분. 녀석이 나를 꽉 껴안아 온 것은 바로 그때였다.

'시바, 깜짝이야. 이 새끼 이거 왜 이래?'

뜨거운 남자의 포옹이라도 하고 싶었던 모양. 본인도 모르게 몸이 움직인 것 같았지만 문제는 녀석의 현재 신체가 남자가 아니라는 데 있다. 신장 차이도 있다 보니 오히려 대롱대롱 매달려 있는 모양새.

괜스레 주변이 신경 쓰인다. 정하얀은 애써 이쪽을 바라보지 않으려 하는 것 같지만 이런 가십을 좋아하는 황정연은 탄성을 내지르는 중.

물론 그 이후에 들려온 목소리에는 나도 녀석의 어깨를 두드릴 수밖에 없었다.

"정말로…… 무사해서 다행입니다. 정말로…… 무사해서…… 다…… 다행입니다."

거짓 하나 없는 진심처럼 느껴졌다는 것 정도는 굳이 설명할 필요도 없으리라.

'그거다. 현성아! 그거야!'

입꼬리가 절로 올라가는 순간이었다.

102장
쉬어 가는 유니콘

상황이 대충 정리되기가 무섭게 박덕구가 입을 열어왔다. 정확히 말하면 행군 내내 입을 쉬지 않는 중이었지만. 여느 때의 파란 길드와 같다. 문제는 녀석이 조금 시끄러웠다는 것뿐이었지만 크게 거슬릴 정도는 아니었다.

"그러니까 내가 말하지 않았소. 우리 형님은 사막에 혼자 떨어져도 살아남을 사람이라니까. 크으…… 사실 지금에 와서야 하는 말이지만 다른 사람들이 불안하다. 불안하다. 했을 때도 나는 눈 하나 깜빡 안 했다니까! 당연히 살아 있을 줄 알았지. 우리 형님이 어디 보통 사람이요? 거, 무사히 있는 걸로 모자나 그놈의 심장을 박살 낼 줄이야. 크으."

"운이 좋았지. 예전에 디아루기아에 대해 조금 알아봤던 게 도움이 됐을 뿐이야. 여러 가지 도움도 있었고……."

"역시나 같은 파충류라서 내부 구조가 같았던 거요?"

"그런 건 아니지만……."

만약 디아루기아가 박덕구의 목소리를 들었다면 틀림없이 이를 갈았으리라.

'아니, 아예 말도 안 되는 소리는 아니지……'

잠깐 속으로 녀석을 힐난하기는 했지만 다시 한번 생각해 보니 딱히 그렇지도 않다.

디아루기아 본인이야 굉장히 기분 나빠하겠지만 어느 정도는 고개를 끄덕일 수 있는 이야기.

사실 파충류라기보다는 상위 존재의 구조라고 생각한 것이 내 개인적인 추론이었다. 물론 어디까지나 가정에 불과. 아직 확정된 이야기도 아니었고 나도 다른 존재들의 신체를 탐험해 본 적이 없으니 무어라 확답을 내릴 수가 없는 만큼, 어쩌면 박덕구의 개소리가 개소리가 아닐 확률도 존재한다. 둘의 구조가 비슷한 게 이세계 파충류라는 커다란 틀에 있기 때문일 수도 있다는 거다.

만약 살리트와 디아루기아가 일말의 공통점이 없었다면 심장으로 도달하는 시간이 더욱더 길어졌을 터.

'그렇게 생각해 보면……'

정말로 운이 좋았다고 생각하는 게 맞다.

"그뿐만이 아니지. 몸도 회복하고 세계수도 치료하는 거로 모자라 새로운 위업을 달성한 거 아니요? 형님한테 흘러나오는 빛의 기운에 욕심이 생기거나 위협을 느낀 게 틀림없다니까. 그러니까 냉큼 물어가 버린 거지. 아, 그러고 보니…… 이제 정말로 몸은 이제 괜찮은 거요?"

다음 질문에 대답한 것은 내가 아닌 엘레나. 애초에 박덕구가 주시하고 있는 대상이 내가 아니니 그녀가 대답하는 것이 당연하리라.

"네. 물론 아직까지는 완벽하게 치료됐다 확답을 드리기가 힘들지만 적어도…… 영혼의 오염으로 인한 신체의 붕괴를 걱정할 시기는 지났다고 봅니다."

"오! 그게 정말이요?"

"네, 틀림없습니다. 다만 앞으로도 충분한 주의를 기울여야 할 필요가 있기 때문에…… 주기적으로는 치료를 받으셔야 할 것 같습니다."

"……."

"아암, 전문가가 그렇다면 그렇게 해야지. 아무튼 간에 거…… 모쪼록 잘 부탁합니다."

"잘, 잘, 잘 부탁드립니다. 그리고…… 고, 고마워요. 엘레나 공주님."

"……아닙니다, 정하얀 님. 이건 제게 주어진 일이니까요."

말을 더듬으며 감사의 인사를 전하는 정하얀을 보니 뭔가 양심 한구석이 찔리는지 귀가 축 내려가 있는 엘레나의 모습이 시야에 비쳤다.

사실 양심이 찔리는 것은 나 역시 마찬가지. 정하얀이 저런 반응을 보여줄 줄은 예상하지 못했기 때문이다. 그녀가 가장 중요시하는 게 내 안전이라는 사실은 이미 알고 있었지만, 본인이 할 수 있는 최대한의 성의를 표시할 줄은 예상하지 못했다.

물론 아예 적의가 없는 것은 아니다. 아네모네의 눈으로 나와 그녀가 찰싹 달라붙어 있는 걸 목격했었으니 당연히 보여줄 수 있는 반응.

그녀를 흘겨보기도 했고 나를 억지로 자신 쪽으로 잡아당기기도 했다. 말을 하진 않았지만 내가 그녀에게 가까이 가지 않기를 표현한 것이다.

의외로 이런 부분에서는 눈치가 빠른 만큼 엘레나가 미묘한 반응을 보이는 것 역시 눈치챘을 것이다. 그럼에도 불구하고 정하얀이 이런 모습을 보이는 것은 확실히 박수를 보낼 만했다.

최근에 연달아 일어난 사건이 얼마나 그녀에게 충격적으로 다가왔는지 알려주는 대목. 본의는 아니었지만 생사를 넘나드는 메소드 연기를 수백 번 넘게 보여준 것이 유효했다.

현재의 엘레나가 내가 완벽히 치료된 사실에 대해 입을 열리가 없다. 어떻게든 숨기고 함께 있으려고 할 거라는 거다.

빛 폭탄 물약의 물자 조달은 어느 정도 안심. 정하얀의 반응도 그레이트. 이 귀환 길은 어떻게 봐도 승자의 귀환길이나 다름없었다.

'우리 현성이와의 뜨거운 우정도 확인했고.'

왠지 모르게 미묘한 엘프들의 존경을 얻어내는 것에도 성공했다. 새로운 직업에 걸맞은 능력을 얻었고 제일 머리 아픈 정하얀의 문제마저 무난해지고 있다. 어떻게 생각해도 고개를 끄덕이는 것이 맞으리라.

그중에서도 가장 최고라고 꼽을 수 있었던 것은 김현성이 나를 얼마나 아끼는지 확인했다는 것. 개선 길임에도 불구하고 사방을 경계하며 나를 중심으로 방진을 짜주고 있는 모습을 보면 더욱더 그렇게 느껴진다.

혹시나 전과 같은 상황이 일어났을 때 자신이 손을 쓸 수 있는 거리에 나를 자리 잡아놓은 것 같다.

정하얀 같은 경우에는 아무 생각 없이 옆에 찰싹 달라붙어 걷고 있었지만 그녀를 제외한 다른 길드원들은 길드마스터의 특명으로 경계를 소홀히 하지 않고 있다. 심지어는 엘프 역시 마찬가지였으니 구태여 다른 말이 필요할 리가 없다.

물론 분위기가 그리 무겁지는 않다. 박덕구는 계속해서 이것저것에 대해 떠들어대고 있었고, 조혜진의 입가에도 묘한 웃음이 들어서 있다. 힘든 원정을 마친 유아영, 한소라, 김창렬 역시 어딘가 조금은 풀어진 표정. 어디까지나 본인의 맡은 바 임무를 괄시하지 않았기에 터치를 받지 않는 것뿐이다.

풀어줄 때 풀어주고 조여줄 때 조여 줘야 한다는 것은 김현아도 알고 있는 사실. 지금 이 상황에서 녀석이 길드원들을 조이는 것은 나에게도 반가운 소식은 아니다.

'슬슬 요정의 숲이네.'

이미 던전 안을 벗어났으니 사실상 위협은 없다고 판단하는 것이 맞다. 김현성 마저 애매하게 잡고 있던 검을 검집에 집어넣었고 그렇게 다시 한번 즐거운 분위기가 원정대를 감싸기 시작했다.

"그런데 우리 형씨는 언제까지 김현아 버전으로 있는 거요?"

"김현아가 아니라 길드마스터입니다, 덕구 씨."

"아…… 혜진 누님은 너무 딱딱해서 탈이라니까."

"무례……."

"아니요. 괜찮습니다, 혜진 씨. 악의가 없다는 걸 알고 있으니까요. 아마 곧 벗어나게 될 겁니다. 아무래도 뒤틀린 연못이 요정의 숲 안에 자리하고 있었던 터라 장소의 영향이 아니더라도 효과가 끝날 때가 됐으니 아마 곧 돌아올 수 있을 겁니다. 엘리오스 님?"

"아…… 네. 요정의 숲을 벗어나면 금방 원래대로 돌아오실 겁니다. 그나저나 묘하게 조용한 것 같습니다. 곧바로 요정들이 몰려들 줄 알았는데…….”

“거, 우리 말고 다른 사람들이 들어와서 그런 거 아니요? 전부 다 그쪽으로 몰린 게…….”

“요정의 숲은 철저히 통제되고 있습니다. 저희가 예상보다 던전을 일찍 빠져나오기도 했고…… 마중 나올 엘프들도 아직 소식을 전해 듣지는 못했을 겁니다. 먼저 간 레인저들도 아직 왕궁에 도착하지 못했을 거고요.”

“으음…….”

“어…….”

당연히 귀찮은 녀석들은 튀어나오지 않았으면 싶다. 던전에서 나오자마자 녀석들에게 시달림을 당하지 않아도 되니 기분이 좋은 것이 사실. 더 이상 돌멩이를 맞지 않아도 되는 한소라는 대놓고 웃음 짓고 있었으니 다른 말이 필요 없으리라.

‘이거 혹시…….’

뭔 일 난 건 아닌가, 하는 걱정이 솟아난 것은 당연.

완전히 외부와 단절하고 있었던 지난 10일 무슨 일이 터져도 이상하지 않다. 물론 이지혜를 비롯한 실권자들을 믿지 못하는 것은 아니었지만 혹시나 공화국과의 일이나 협상이 잘못됐을 경우를 생각하니 머리가 아파올 지경.

김현아나 조혜진도 비슷한 걸 생각하고 있는지 인상을 굳히고 있었지만 이윽고 들려온 소리에는 조금 안심할 수밖에 없었다.

"어…… 저기……."

이윽고 한 무리에 요정들이 모습을 드러낸 것. 심지어 저번에 만난 숫자보다 많다.

"아…… 안 돼."

왠지 모를 불길함을 느꼈는지 한소라가 중얼거렸지만 주변을 가득 메운 요정들의 숫자는 줄어들 생각을 하지 않고 있다. 아니, 오히려 점점 모여들고 있다. 요정들에게 맞는 돌멩이가 고통스럽지는 않지만 그래도 제법 귀엽다고 할 수 있는 아이들에게 매도당하는 기분은 그다지 좋지 않을 것이 분명하다.

한소라의 얼굴이 창백해지는 것이 시야에 비쳤다. 만약 한소라에게도 귀가 달려 있었다면 지금쯤 축 처져 있겠지.

"저번보다 많은 것 같은데……."

"이건…… 하하. 오늘은 운이 좋은 날인가 봅니다."

"그게 무슨 소리요, 엘프 양반."

"유니콘인 것 같습니다."

"네?"

"요정들이 저 정도로 모여 있는 걸 보면 아마 유니콘이 틀림없을 겁니다. 간혹 요정의 숲에서 모습을 드러낸다는 이야기는 들었지만…… 실제로 볼 수 있을 줄은……."

"그게 정말이요? 거, 유니콘인지 뭔지 하는 게 진짜로 있는 거요?"

"덕구 아저씨는 바보. 드래곤도 있는 곳인데…… 유니콘도 있다고 이상할 건 없지."

"아, 그, 그렇구만."

김예리와 엘리오스에게 말에 눈이 크게 떠진 것은 박덕구뿐만이 아니다. 한소라에게 돌팔매질을 감행하는 요정들을 기다리고 있던 나 역시 눈을 커다랗게 뜰 수밖에 없었다.

조금씩 눈에 마력을 집중하니 확실히 말 같은 형체가 보이는 것 같은 느낌. 하얀색으로 빛나는 것은 물론 이마에 기다란 뿔을 달고 있는 것은 내가 상상하고 있는 그 동물의 것이 맞다.

'진짜야.'

[유니콘 라리사-전설 등급]

[요정의 숲 어딘가에 서식하고 있는 전설 등급의 몬스터입니다. 지성을 가지고 있으며 세계수의 잎과 세계수의 연못을 마시며 살아갑니다. 순결하고 순수한 사람에게 커다란 호의를 느낍니다.]

[전설 등급의 네임드 몬스터 유니콘 라리사의 상태창을 확인합니다.]

[이름-라리사]

[칭호-요정의 숲의 신수]

[나이-3,473]

[성향-순결한 이상주의자]

[분류-유니콘]

[능력치]

[근력-94/성장한계치 전설 이상]

[민첩-104/성장한계치 전설 이상]

[체력-100/성장한계치 전설 이상]

[지력-99/성장한계치 전설 이상]

[내구-82/성장한계치 전설 이상]

[행운-112/성장한계치 전설 이하]

[마력-99/성장한계치 전설 이상]

[총평-해치지 마라.]

원정대가 있는 쪽을 바라보곤 깜짝 놀란 것 같지만 이내 해를 끼칠 만한 사람들이 아니라 판단한 모양인지 신경 쓰지 않은 모습이다. 오히려 흥미가 동한 것인지 천천히 이쪽을 향해 걸어오기까지 했다.

갑작스러운 상황에 다들 입을 벌리고 녀석을 바라보고 있었지만 솔직히 나 같은 경우엔 다른 것들이 눈에 더 들어온다.

'저게 다 얼마야…….'

아니, 돈이 문제가 아니다. 신성력을 담은 것 같은 찬란한 갈기. 어떻게 봐도 저건 촉매 그 자체나 다름없다. 꼬리나 털, 가죽, 심지어는 눈물이나 혈액까지.

머리 위에 달린 뿔을 조금만 긁는다면 준신화 등급의 촉매로의 정제도 가능할 것 같다.

침이 꿀꺽 넘어가는 반응이 이상한 것이 아니다. 지금 당장 달려가 토벌해 버리고 싶은 심정. 하지만 분위기를 보니 그런 생각을 하는 것은 나밖에 없는 것 같았다. 어떻게 보면 신수로 분류할 수 있는 동물, 심지어 이쪽에 호감을 느끼는 것처럼 보이기까지 하니 어떻게 손을 대기가 힘들다.

세계수의 연못을 마시고 살아간다 했으니 커다란 문제를 해결해 준 우리에게 호감을 느끼는 모양. 디아루기아 수준의 지성을 가지고 있는 만큼 그 정도의 상황 판단은 가능한 것 같았다.

"엘레나, 한번 가 보는 게 어떻겠느냐."

"네? 오라버님…… 저……."

"다가가도 되는 거요? 엘프 양반?"

"하하. 유니콘과 관련된 이야기가 사실이라면 아마 문제는 없을 겁니다. 아버지와 어머니에게 전해 듣기로는 유니콘은 순결한 사람들을 좋아한다고 들었습니다."

"아아, 그 처녀를 좋아한다는 그…… 전설 같은 걸 말하는 거요?"

"성별은 관계없는 것으로 알고 있습니다. 저희 할아버님께서도 어릴 때 유니콘의 등 위에 올라탄 적이 있다고 말씀하신 걸 들은 적이 있으니까요. 그리고 순결하고 순수하다는 것 역시 어떻게 해석하기 나름이라…… 정확히 유니콘이 좋아하는 이가 어떤 이들인지는 아직 정확히 알려지지 않았습니다. 애초 유니콘을 실제로 본 이는 손에 꼽을 만큼 적으니까요."

"아아아아, 뭐 그런 거구만. 이쪽으로 오고 있는 것 같은데? 크으…… 형님 보고 뛰어오는 거 아니요?"

'절대 그럴 일 없다. 이 돼지 새끼야.'

장담컨대 저 뿔에 박히지나 않으면 다행이다.

갑작스럽게 등장한 유니콘의 등장에 파란 길드원 일동은 왠지 긴장한 것 같은 느낌. 그 와중에 엘리오스는 계속해서 자신의 여동생의 등을 떠밀고 있었다.

"엘레나, 어서 가 보는 게 좋을 것 같구나. 하하."

"아뇨. 오라버님, 저는……."

"하하하."

엘프의 얼굴에 점점 당황스러움이 들어서고 있다는 건 굳이 말할 필요도 없으리라.

점점 더 구겨지는 얼굴. 거기다 살짝살짝 뒷걸음질까지 치고 있지만 엘리오스에겐 엘레나의 묘한 행동이 보이지 않고 있는 것 같았다. 오히려 자랑스럽다는 표정이다. 저 유니콘이 우리에게 다가오는 이유가 자신의 여동생이라 굳게 믿고 있는 것이다.

"저, 저는……."

엘레나가 머뭇거리는 와중에도 유니콘은 이쪽으로 다가왔다.

처음에 신기하게만 쳐다봤던 박덕구 역시 점점 더 유니콘이 가까이 다가서자 당황했는데 괜스레 입을 한 번 더 열어오는 모습이 시야에 비친다.

"크으. 거 정말로 이쪽으로 오고 있는 것 같은데……. 이거 안전한 거요? 갑자기 공격하거나 막 그러는 거 아니요?"

"그렇지는 않을 겁니다."

"그렇다면 다행이지만……."

슬쩍 김현성을 바라보는 박덕구의 모습이 보인다. 엘리오스의 말을 듣고 판단하겠다기보다는 김현성의 말을 들으려고 하는 것이 틀림없으리라.

"네. 괜찮을 것 같습니다."

김현성 역시 고개를 끄덕였다. 대충 보기에도 적의가 없는 만큼 원정대는 녀석을 굳이 제지하거나 막지 않았다.

하지만 김현아 같은 경우에는 혹시 모를 상황에 대한 대비는 하고 싶은 모양. 슬쩍 나에게 가까이 다가오는 것을 보니 내가 자신의 안전거리 안에 있는 게 좋다고 판단한 것 같았다.

그 와중에도 파란의 길드원들은 뭔가 반응들을 보여주고 있다. 왠지 모르게 정하얀은 그중에서도 가장 복잡한 얼굴을 하고 있었는데 이상하게 불안해하고 있었다.

'왜 저래?'

내가 알기로 정하얀은 남자친구를 사귄 적은 물론 관련된 적조차 없다. 물론 내가 그녀에 대해 모든 것을 알고 있는 것은 아니지만 지금까지의 정하얀의 행동을 유추해 봤을 때, 굳이 유니콘을 통해 순수를 증명할 필요조차 없다.

아니, 애초에 그런 걸 증명한다고 해도 그 어떤 메리트도 없다고 자신 있게 말할 수 있다. 현재는 현재, 정하얀이 과거 연애사에 대해서는 지금의 내가 굳이 신경 쓸 이유도, 필요도 없다.

'근데 이거…….'

하지만 문득 한 생각이 뇌리에 꽂히기 시작. 내가 깊은 잠에 빠졌을 때의 정하얀의 행동이 괜스레 신경 쓰였기 때문이다.

'혹시…….'

그동안 내가 자고 있을 때마다 엄한 짓을 하고 있었던 건 아닐까 같은 망상을 한 적이 있었지만 어디까지나 그건 망상에 불과했을 뿐이다. 정말로 정하얀이 뭔가를 하고 있을 거라고는 깊게 생각하지 않았다. 왠지 모르게 정하얀이 권한 술을 많이 먹고 잔 날이면 기가 빨리는 듯했지만 그렇게까지 막장 짓은 하지 않을 거라고 생각했던 탓이다.

그런데 나를 힐끔힐끔 보는 정하얀을 보니 그 가정이 사실이 아닐까에 대한 의혹이 들기 시작한 것은 당연지사. 순간적으로 내가 이상한 얼굴을 하고 있는 걸 눈치챘는지 바로 옆에 있던 정하얀이 깜짝 놀라는 표정을 짓는다.

다시 한번 순수를 증명해야 한다고 날뛰지 않을까, 걱정되기는 했지만 그렇게까지는 하지 않는 것 같았다.

하지만 이쪽에서 무어라 말을 하기도 전에 본인이 먼저 위풍당당하게 첫걸음을 떼기 시작. 본인의 입장에선 순수를 증명하기 위한 행동, 당연히 얼굴은 무척이나 조심스럽다.

"유, 유, 유니콘이네요."

말투도 부자연스럽다.

오히려 생각 없이 이쪽에 다가온 유니콘이 더 놀란 것 같다. 조용히 정하얀을 살피는 모습은 뭐라 말로 설명하기가 힘들었다. 말의 표정을 읽을 수 있는 건 아니지만 녀석은 지금 틀림없이…….

'고민하고 있어.'

이걸 세이프로 쳐야 할지 말아야 할지 무척이나 고민하는 듯하다. 순수를 증명하는 데 무슨 고민의 여지가 있는 걸지는 모르겠지만 현재 유니콘 라리사는 틀림없이 일생일대의 고민을 펼치고 있었다.

그럴수록 정하얀은 더욱더 당당한 표정. 자신은 아무 거리낌 없다는 듯이 천천히 발걸음을 옮긴다.

몇 번이나 정하얀의 근처를 살피며 그녀를 유심히 살핀 유니콘은 결국에는 고개를 끄덕이며 정하얀의 앞에 자신의 머리를 내밀기 시작했다. 마치 쓰다듬어 달라는 느낌으로.

정하얀의 얼굴이 단박에 밝아졌다는 건 굳이 설명할 필요도 없으리라.

"귀, 귀여워라……. 귀여워라. 이거 봐요. 오빠! 이거 봐요!"

"아아…… 응. 보여."

보고는 있지만 도대체 어쩌라는 건지 모르겠다. 내가 무슨 생각을 하든지 간에 본인은 본인의 순수를 증명해 기쁘기만 한 모양.

물론 나도 괜스레 안심되긴 한다. 내 망상이 망상에 불과했다는 게 밝혀진 셈이니까. 어째서 유니콘이 일생일대의 고민을 한 건지는 알 수 없지만 최소한 직접적인 사랑 나눔은 없었다.

'그래. 그렇게 막장일 리가 없지.'

물론 상상하기 싫은 선택지가 하나 떠오르기는 했지만…….

'그렇게 막장일 리는 없어.'

우리 정하얀이 그렇게까지 막장일 리는 없다. 괜스레 고개를 저으며 전방을 바라보자 내친김에 녀석의 등을 타려 하는 정하얀이 보였지만 그건 내키지 않는지 슬그머니 발걸음을 옮긴 녀석의 모습이 보였다.

"착하지. 착하지이."

"……."

"유니콘, 차, 착하지? 이리 와야지."

조금 당황했는지 유니콘을 부르기는 했지만 한 번 등을 돌린 녀석은 다른 쪽으로 움직이기 시작했다.

정하얀의 얼굴에 언뜻 아쉬움이 스쳐 지나가기는 했지만 그래도 이 정도면 선방했다고 생각했는지 한껏 미소 지으며 돌아왔다. 마치 개선장군 같은 모양새. 순수 증명 퀘스트를 완료했다고 느끼고 있는 게 눈에 보일 정도였다.

"유, 유니콘이 많이 힘든가 봐요. 헤헤."

"응. 그래 보이더라."

본인이 만족하는 모양이니 정하얀의 머리를 한 번 쓰다듬어주는 것으로 마무리. 그다음 내 눈은 다음 유니콘의 목적지로 향하고 있다. 녀석이 정말 이 원정대에 호의적이라는 걸 확인한 만큼 녀석이 누구에게 관심을 가지는지 알아야 했기 때문이다.

박덕구와 황정연을 지나치고 엘룬 나이트들을 지난 녀석이 자리한 곳은 다름 아닌 조혜진의 앞.

'……'

순간적으로 얼굴이 붉어진 조혜진의 모습이 눈에 들어왔다.

'쟤도 연애 잘할 것 같은 이미지는 아니었지.'

"이건 다릅니다. 저는…… 그……."

방금 전 정하얀보다 수백 배는 당황한다.

"저, 저는 연애 경험도 풍부하고…… 아니, 풍부하지는 않은데…… 그러니까 이건……."

횡설수설하는 모습이 가관. 손사래를 쳐야 할지 담담하게 받아들여야 할지에 대해 당황하고 있는 것 같았다.

그야 조혜진의 나이를 생각하면 연애 한 번 못 해봤다는 게 부끄럽게 느껴질 만도 하다. 하지만 본인이 부정하는 것과는 별개로 김현성에게는 가볍게 보이기 싫어하는 것 같았다.

뭔가 적당한 합의점을 찾고 싶어 하는 것 같았지만 그런 것 따위 찾을 수 있을 리 만무하다. 이런 상황에 대한 대처 능력이 고자에 가까운 조혜진은 오히려 입을 열면 열수록 무너지고 있는 모습이다.

"여, 연애 같은 건 많이 해봤습니다. 하지만 제가 혼전순결주의자라…… 네! 혼전순결주의자라! 그, 그렇다고는 해도 경험이 없었던 건 아니고…… 아니, 경험이 있기는 있는데 없다고 해야 할지……."

'재, 무슨 소릴 하는 거야.'

"그렇게 당황할 필요 없습니다. 유니콘은 순수한 사람도 굉장히 좋아한다고 들었으니까요."

"네. 그, 그렇습니다. 제가 좀 순수해서…… 그러니까 이건 그런 이유 때문입니다."

'자폭하지 마…….'

심지어 더 불쌍했던 것은 김현성이 조혜진에게 전혀 신경 쓰지 않고 있다는 것이다. 내 님에게 잘 보이고 싶어 이것저것 변명만 선보이고 있건만 막상 내 님은 관심도 없는 상황이라는 거다. 조혜진만큼 슬픈 상황도 흔치 않을 거라 생각할 수밖에 없었다.

조혜진이 당황하든 말든 유니콘은 친근한 기색을 내보이며 계속해서 그녀의 머리에 자신의 목을 비벼대는 중이었으니, 그녀의 얼굴이 다시 한번 붉어졌다는 건 굳이 언급할 필요도 없으리라. 심지어 저러다 치욕사 하지 않을까 하는 생각도 든다.

'차라리 확 잡아버려라.'

마침 조혜진은 창잡이이니 기마술을 배워두면 써먹을 때가 있으리라. 물론 빛의 성자 이기영은 언제든지 유니콘과 커뮤니케이션을 할 준비가 되어 있다.

'오, 그래. 그거야.'

왜인지는 잘 모르겠지만 정하얀과는 확연히 다른 반응, 마치 애교를 부리는 것 같은 모습은 아까와는 차이가 있다. 누가 보기에도 기회라고 할 만하건만 조혜진은 아직도 붉어진 얼굴을 가다듬기에 여념이 없다. 만약 내가 그녀였다면 무작정 유니콘의 등 위로 올라가고 봤을 것이다.

다시 한번 유니콘이 일어나 발걸음을 옮기기 시작한 것은 그때였다. 제법 다급한 표정으로 내가 있는 쪽을 향해 몸을 옮긴다. 그걸 보고 있자니 혹시나 유니콘에게마저 선택받는 것은 아닌가 기분이 좋아진 것은 당연했다.

하지만.

'그럴 리는 없겠지.'

때마침 근처에 있는 엘리오스는 괜스레 엘레나의 등을 떠민다. 올라타기에 실패했던 정하얀 역시 혹시나 다시 자신에게 오는 것이 아닌가, 기대하는 표정을 선보였다. 하지만 먼저 시동을 건 것은 엘프 남매.

"엘레나, 한번 쓰다듬어 보려무나."

"아…… 네…… 네."

반신반의하는 표정으로 손을 뻗어 보건만 엘레나를 가볍게 지나친 녀석의 모습은 가관이다.

"픕."

하는 소리와 함께 정하얀의 입에서 승자의 웃음소리가 울려 퍼졌다.

"새, 생각보다 가벼운 사람이었나 봐요, 오빠. 그, 그렇죠?"

"아…… 응……."

"오, 오빠도 조심하셔야 돼요. 치료 때문에 어쩔 수 없지만…… 순수하지 않은 사람이니까. 무슨 생각을 하고 있을지 모, 모르니까……."

심지어 작게 귓속말을 해온다. 가볍게 엘레나를 모함하고 있었지만 이쪽도 이쪽 나름대로 식은땀을 흘릴 수밖에 없는 상황이다. 하지만 내 쪽에서 뭔가 액션을 보일 수 있을 리 만무. 무언가 충격받은 것 같은 엘리오스의 표정을 뒤로한 채 정하얀의 목소리에 고개를 끄덕일 수밖에 없었다.

그 와중에 녀석은 선희영과 김예리에게도 작은 호의를 보였고 유아영과 한소라는 가볍게 지나쳤다. 김창렬을 비롯한 파란의 남자 단원들이나 엘룬 나이트들에게도 그다지 관심을 보이지 않은 걸 보니 이곳에 있는 남자 중 순수한 놈은 없는 모양.

혹시 정말 나에게도 기회가 있는 건 아닐까 하는 생각이 들었지만 언뜻 마주친 녀석의 눈빛을 읽은 뒤로는 물러설 수밖에 없었다.

'그래. 가까이 안 간다, 이 새끼야. 더러워서 안 가.'

한참을 배회하던 녀석이 자리한 곳은.

"아……."

사랑스러운 회귀자의 앞.

"……"

김현성은 당황하지도 얼굴을 붉히지도 않았다. 천천히 웃음 지으며 녀석의 머리를 한 번 쓰다듬는 것으로 끝.

"귀여운 녀석이군요. 하하."

심지어 등을 툭툭 치기까지 한다. 정하얀의 얼굴에는 묘한 패배감이 감돌고 애초에 비교 대상조차도 아니었던 엘레나는 아직까지도 당황스러운 표정. 엘리오스와 함께 이상한 눈빛을 주고받는 것 같기는 했지만 나는 저 둘이 무슨 이야기를 하는지에 대해서는 알 수 없다. 사실 별로 알고 싶지도 않다.

원정대원들은 어느새 김현성의 앞에 있는 유니콘의 주변으로 몰려들기 시작했고 녀석은 기분 좋은 듯 가볍게 몸을 털기 시작했다.

"올라타도 된다는 건지 모르겠습니다만……."

"거, 형님이 한번 올라타 보쇼. 아니면 혜진 누님이 올라타시든가. 뭔지는 잘 모르겠다만 저 위에 타면 좋은 거 아니요?"

"글쎄요. 아무래도 저보다는 혜진 씨에게 더 잘 어울릴 것 같습니다만…… 혜진 씨는 기마술에도 익숙하지 않습니까?"

"그렇기는 하지만…… 저는 괜찮습니다."

"아마 큰 도움이 될 겁니다."

기연이라고 할 수도 있건만 조혜진은 무척이나 난감하다는 표정. 그야 저런 걸 타고 전장에 등장한다면 틀림없이 수치사

할 것이 분명하다. 적들에게 공포의 대상이 될 수도 있겠지만, 어쩌면 놀림거리가 될지도 모른다.

"등에 탄다고 해서 유니콘의 주인이 될 수 있는 것은 아니니까요. 시도라도 해보는 게 좋을 겁니다. 혜진 씨, 어서요."

"아니, 저는…… 그러니까."

계속해서 미소 지으며 조혜진의 등을 떠미는 녀석의 모습은 가관이다. 심지어 그 한마디에 그녀의 등을 떠미는 쪽으로 여론이 형성된다. 박덕구는 계속해서 올라타기를 종용하고 있었고 안기모와 다른 여성 길드원, 심지어는 엘룬나이트들도 어서 올라가 보라는 듯 그녀를 재촉한다.

점점 더 얼굴이 붉어지는 조혜진의 모습에 내가 다 눈물이 나올 지경.

"다시 한번 말씀드리지만 저는 그런 게…… 분명히 거절당할 겁니다. 여러분이 생각하시는 그런 게 아닙니다."

"그래도 한번 시도해 보는 게 좋은 거 아니요?"

"분명히 거, 거절당할 겁니다."

아쉽지만 그럴 확률은 제로에 수렴할 것 같다.

시간이 조금 지나자 박덕구는 대놓고 그녀의 등을 떠밀었고 결국 조혜진은 울상을 지은 채 유니콘의 위에 올라타기 시작했다. 혹시라도 뭔가 거부 반응을 보일까 생각하기는 했지만 유니콘은 오히려 기쁘다는 듯 투레질을 하고 있다.

둘의 몸이 잠깐 동안 밝게 빛나는 것 같은 느낌이 든 것은 바로 그때.

"오오오오오오오."

혹시나 했지만 역시나. 박수를 보내는 원정대원들에게 둘러싸인 채로 얼굴을 붉히고 있는 조혜진의 모습이 시야에 비쳤다.

[플레이어 조혜진이 새로운 칭호를 획득했습니다.]

[칭호-완전무결의 순결한 처녀]

[칭호-유니콘의 주인]

조혜진 나이 어느덧 26세.

기연이라면 기연이었지만 본인은 전혀 기뻐하지 못하는 것 같았다.

103장

운수 좋은 날

"그러니까…… 그런 게 아닙니다. 말씀드렸다시피 저는……."

"……."

"……."

누군가가 그녀를 향해 무어라 말을 꺼낸 것은 아니었지만 왕성으로 발걸음을 옮기는 내내 혼자 변명하고 있는 조혜진의 모습은 뭔가 짠해 보일 정도였다.

자신의 완전무결한 순수함을 외면하기 위한 그녀의 행동은 어찌 보면 사실 조금은 슬퍼 보인다. 아무렇지도 않은 척 걸어가면 차라리 낫겠지만, 본인이 저렇게 제 발을 저려주니 이쪽에서 뭔가 반응을 보여주기가 어렵다.

물론 이해는 간다. 존경스럽다는 듯 그녀를 바라보는 엘룬 나이트들의 눈빛을 견디기 힘든 것이 틀림없으리라. 이쪽을 향해 확실히 말을 걸어오는 것은 아니었지만 본인들끼리 대화를 나누는 것 정도는 들려온다.

'대단한 인간입니다.'

'완전무결한 순결함. 존경할 만한 인간인 것 같습니다.'

'유니콘의 선택을 받다니…….'

따위의 중얼거림. 내가 들었던 것은 조혜진이 듣지 못할 리가 없다.

"하…… 하하. 어째서 일이 이렇게 된 건지 모르겠지만 운이, 운이 좋았던 것 같습니다. 정말 특이하기도 하죠. 지, 지구에 있었을 때는 인기도 제법 많았으니까요."

'거짓말.'

물론 외관은 충분히 예쁘다고 할 수 있지만 단언컨대 조혜진에게 먼저 다가간 남성은 존재하지 않았을 거다.

"이 유니콘이 무언가 착각하고 있는 것이 분명할 겁니다. 네. 틀림없이요."

하지만 칭호는 거짓말을 하지 않는다.

[칭호-완전무결의 순결한 처녀]

도대체 저 완전무결의 타이틀은 어떻게 하면 얻을 수 있는지 궁금할 지경. 조혜진 인생에 김현성을 제외하고 이성과의 접전이 없다시피 한 것은 아닌가 싶다.

그런 생각을 하니 그녀가 조금 측은해 보였다. 지구에 있을 때도…… 대륙에 있을 때도 마찬가지. 심지어 둔감한 김현성은 자신이 조혜진과 썸을 타고 있는지조차 모르는 느낌이다.

머리가 백발이 돼서도 유니콘 위에 앉아 있는 조혜진의 모습이 곧바로 떠오른다.

'불쌍해…….'

물론 그녀에게 그런 감정을 느끼고 있는 것은 나뿐만이 아니다. 연애 박사 타이틀을 가지고 있는 박덕구는 어째서 조혜진이 저런 행동을 하는지 이미 눈치챘는지 조용히 말을 걸어오고 있는 중.

사실 녀석의 조언이 도움이 될지는 모르겠지만 조혜진이 완전무결의 순결함에서 벗어나고 싶다면 지푸라기라도 잡아야 하는 것이 맞다.

"거, 부끄러운 일이 아니요."

"……."

"물론 다른 사람보다는 조금 느리기는 하지만 언젠가는 마음에 맞는 사람을 찾을 수 있을 거라니까. 누구한테나 다 짝이 있다는 거요."

"그러니까 저는…… 그런 게 아니라고 몇 번이나."

"상담이 필요하면 언제든지 말하라니까. 물심양면으로 도와 줄 자신 있소. 형님도 마찬가지고. 그렇지 않소? 형님?"

"물론입니다. 친구 좋다는 게 뭡니까."

"여러분이 생각하는 그런 게 아닙니다. 저도 다른 사람들처럼 평범하게…… 네. 평범하게 지냈습니다. 평범하게요……."

"거 그렇게 변명할 필요 없다니까. 혜진 누님한테 문제가 있는 게 아니요. 이건 누구나 다 겪을 수 있는 일이라. 일단은 받아들이는 게 첫 번째라고 자신 있게 말할 수 있소. 계속해서 회피하다가는 정말로 연애하기 힘들어질 거요. 이것도 사람과 사람 사이에 관계의 연장인데…… 너무 자신한테만 채찍질하는 것도 안 좋은 버릇이라니까. 절대 그렇지 않다니까."

'이 새끼 정말인가. 생각보다 진지한데.'

"딱 보면 척이라니까? 정말이요. 자기 눈을 조금 낮추는 것도 방법이 될 수도 있고…… 아, 그리고 무엇보다 혜진 누님은 그동안 엄청 바쁘게 지냈던 거 아니요. 시간이 부족했던 게 당연하지."

"네……. 확실히 시간은 부족했지만."

항상 김현성과 붙어 다녔던 걸 생각해 보면 결코 시간이 부족한 것은 아니다.

"지금 당장은 뭐 하기 힘들지만 언제 시간이 날 때 이야기하면 적절히 코치해 줄 수 있을 것 같다니까. 형님도 같이해 줄 거요. 그렇지 않소?”

사실 무슨 코치를 해야 할지는 감이 잡히지 않지만 일단은 고개를 끄덕였다. 조혜진의 뒤를 따라오는 유니콘을 생각하면 일단 말이라도 이렇게 해놓는 것이 중요하다.

물론 촉매가 필요한 나야 조혜진이 완전무결 어쩌고를 유지하면 기분이 좋은 것이 사실이다. 만약 정말로 김현성과 그녀가 연애라도 하는 날에는 저 유니콘이 어느 날 훌쩍 떠나버릴지도 모르는데.

‘그건 절대로 안 될 말이지.’

친구한테는 미안하지만 한 7년에서 10년 정도는 독수공방하며 지내줬으면 좋겠다. 저 유니콘에게서 본을 뽑을 수 있을 때까지는 말이다.

“덕구 씨의 말이 맞는 건 아니지만…… 그래도 나중에 한번 이야기를 들어보는 게 좋을 것 같습니다. 기영 씨의 이야기도요…….”

“거, 잘 생각했소.”

“정말로 잘 생각하신 겁니다.”

진심으로 응원하고 싶건만 그렇게 할 수 없는 것이 천추의 한이다.

기분이 좀 꾸리꾸리하기는 했지만 아무튼 오늘은 운수 좋은 날이라고도 할 수 있으리라.

'그냥 꽁으로 얻은 것 같은 기분인데…….'

물론 내가 유니콘을 얻은 것은 아니다. 하지만.

'길드원 건데…… 내 거나 다름없지 뭐.'

네 것도 내 것. 내 것도 내 것.

어떻게 생각해도 소리를 지를 만한 상황이다. 뿔 달린 말은 거기까지 생각이 닿지 않은 것 같았지만 그런 건 내 알 바가 아니다.

빛의 연금술사로 전직하고 나서 첫 번째로 얻은 물건이 빛 폭탄 물약.

앞으로 두세 개의 포션이 개발 가능해진다고 가정하고, 그 물약의 성능 역시 빛 폭탄에 뒤지지 않을 거라 생각한다면 준신화 등급이라는 직업에 어울리는 힘을 얻었다고 봐도 될 것 같았다.

부족한 마력으로 창질이나 하고 지냈던 지난 시간이 떠오른다. 내가 줄을 제대로 섰다는 걸 다시 한번 깨닫는 순간이었다.

물론 나만 기쁜 것이 아니다. 원정대원들에게도 이번 원정은 대성공이나 다름이 없다.

일단은 살리트의 사체. 나로서는 가공이 불가능한 물건이지만 파란 길드에는 나 말고도 생산직이 한 명 더 있다.

'유아영.'

녀석의 외피는 김현성이나 정하얀의 공격을 견딜 수 있을 정도로 견고하다. 물론 마력과 뒤틀린 연못에 영향을 받고 있어 상향 판정을 받았겠지만 그렇다고 하더라도 애초에 단단했던 외피가 어디로 가는 것이 아니다. 박덕구와 유아영을 풀 무장 시킬 수 있는 것은 물론 녀석의 뼈로 무기의 가공도 가능하다는 거다.

가장 큰 성과인 이기영의 치료는 두말할 것도 없고 동맹국의 완벽한 신뢰도 얻어냈다.

피해는 사망한 엘룬 나이트 둘. 가슴 아프기는 하지만 이쪽과는 별다른 접전이 없는 녀석의 죽음이라는 걸 생각해 보면 소를 희생해 대를 얻었다고 봐도 된다.

'아암. 그렇고말고.'

그것뿐인가. 던전에 들어와 있는 동안 자신을 혹사시켜서인지는 모르겠지만 조금씩 성장한 모습들이 보인다. 유아영, 한소라, 김창렬이 성장 측면에서는 이득을 많이 봤지만 기존 파란 길드원들도 다르지는 않다. 무난했던 안기모는 조금 더 무난해졌고 애초에 재능충이라고 말할 수 있는 김예리의 경우에는 한 번 더 벽을 뛰어넘었다.

'조혜진은 뭐, 말할 필요도 없지.'

선희영이야 가만히 놔둬도 혼자 무럭무럭 자라나 있고 박덕구의 스펙업은 이미 예정되어 있는 이야기다.

김현성은…….

[플레이어 김현성의 상태창과 잠재 능력을 확인합니다.]

[이름-김현성]

[칭호-알타누스의 회귀자, 이 회 차를 시작하는 검사, 이겨내지 못한 자, 희생을 등에 업은 자. 깨달은 자. 검의 축복을 받은 검사. 정상을 오르고 있는 무인. 대륙 수호자. 듀렌달의 주인. 세계수의 수호자.]

[나이-23]

[성향-선의의 중재자]

[직업-검의 좌-고유 전설 등급]

[직업효과-기초 검술 지식 습득]

[직업효과-중급 검술 지식 습득]

[직업효과-고급 검술 지식 습득]

[직업효과-고급 마력운용 지식 습득]

[능력치]

[근력-95/성장한계치 전설 이상]

[민첩-103/성장한계치 전설 이상]

[체력-101/성장한계치 전설 이상]

[지력-75/성장한계치 영웅 이하]

[내구-95/성장한계치 영웅 이하]

[행운-99/성장한계치 영웅 이상]

[마력-97/성장한계치 영웅 이상]

[특성]

[특성-신-전설 등급]

[특성-검-전설 등급]

[특성-합-전설 등급]

[특성-일-전설 등급]

[장비]

[마법 저항의 망토-영웅 등급]

[발망의 촘촘한 마력갑옷-전설 등급]

[세레나의 민첩한 바람장화-전설 등급]

[12기사단의 검-듀렌달-신화 등급]

[총평-뒤통수치지 마라. 진짜 뒤통수치지 마라. 정말 뒤통수치면 나 죽고 너 죽는 거다. 한 번 경고했다. 절대로 뒤통수치지 마라.]

'키야…… 든든하네.'

안 본 사이에 더욱더 성장한 모습이 눈에 띈다.

'직업은 언제 바뀌었데?'

분명히 기존 직업은 전설 등급이었던 걸로 기억하는데 잠깐 체크 안 한 사이에 고유 전설 등급을 얻은 것을 보니 확실히 성취가 있기는 있는 것 같았다.

본래 영웅 등급이었던 검술전문가는 사라지고 그곳에 자리 잡은 것은 전설 등급의 특성 4개. 평범한 플레이어가 하나의 전설 특성도 가지기 힘들다는 걸 고려해 보면 충분히 박수를 보낼 만하다.

능력치는 또 어떠한가. 말이 필요 없는 민첩 104, 체력은 101, 그 외 다른 능력치도 절대 낮은 것이 아니다.

'봉인은 아직 못 푼 건가…….'

듀렌달이라는 신화 등급의 검을 아직 살리지 못하는 것 같다. 저 검은 충분히 명검이다. 애초에 김현성은 순수한 검사를 지향하는 만큼 상태창 자체가 굉장히 담백하다. 여러 가지 복잡한 것 없이도 충분히 강자라는 거다.

녀석이 가지고 있는 경험이나 시스템으로 판단이 불가능한 검술을 생각해 보면 본래의 상태창보다 가지고 있는 것이 더 많다고 봐도 무방하다.

만약 언젠가 저 12기사단의 봉인을 푼다면 어쩌면 단신으로 살리트를 상대할 수 있게 될지도 모른다. 물론 능력치가 더 성장해야겠지만.

'알타누스 베니고어 버프 같은 게 있을 수도 있으니까…….'

차희라가 김현성보다 더 강한 것은 아닌가 생각해 본 적은 있었지만 확실히 이렇게까지 성장하니 지력을 최대한으로 깎은 차희라와 비벼볼 수도 있지 않을까 하는 생각도 들었다.

누가 더 강하냐 같은 가십에 관심은 없지만 어찌 됐든 가장 든든한 이들이 이쪽의 아군이라는 사실에는 고개를 끄덕일 수밖에 없었다. 여러모로 완벽한 원정이었다.

살짝 고개를 돌리니 어느새 본래의 성별로 되돌아온 김현성의 모습이 시야에 비쳤다.

'아…… 저거 끝났네.'

위험한 발상이지만 이상하게도 왠지 모르게 아쉽다는 생각이 든다.

"드디어 돌아왔군요."

"축하해, 오빠."

"고맙구나, 예리야."

"축하드립니다. 길드마스터."

"감사합니다, 혜진 씨."

얻은 건 많고 잃은 건 적다. 설렁탕이라도 사 들고 집으로 복귀하는 기분. 너무나도 좋은 운수에 왠지 모를 불안감이 계속해서 피어오르기는 했지만 겨우 열흘하고 며칠이 지난 시점에서 바깥이 개판이 되어 있지는 않았을 것이다.

이 기쁜 소식을 어떻게 전해야 하는지 생각하는 것만으로도 이미 벅차다. 저 멀리서 먼저 뛰어나갔던 레인저가 허겁지겁 뛰어오는 것이 눈에 보인 것은 바로 그때.

"잠시 대기합니다."

'제기랄.'

항상 그렇듯 슬픈 예감은 틀린 적이 없다.

'뭔 일 터진 거 아니야?'

본래는 레인저가 아니라 원정대의 무사 귀환을 축하하는 이들이 마중 나왔어야 했다. 단신으로 뛰어오는 엘프의 얼굴은 어떻게 봐도 고통으로 일그러져 있다. 다친 것으로는 보이지 않지만 지금까지 계속해서 쉬지 않고 뛰어온 모양. 그만큼 빠르게 전해야 할 소식이 있는 것이다.

제발 별것 아닌 소식이었으면 하는 기도를 했지만, 점점 더 녀석이 가까워질수록 내 희망 사항이 무너지고 있다는 걸 깨달을 수밖에 없었다.

"저거…… 무슨 일이라도 난 거 아니요? 왜 갑자기."

역시 운수 좋은 날에는 안 좋은 일이 일어나게 마련이다.

"무슨 일입니까?"

입을 연 것은 엘리오스. 한참이나 숨을 헐떡거리던 전령이 거친 숨을 몰아쉬며 입을 열었다.

"후우…… 전쟁. 전쟁입니다."

"시발."

나도 모르게 욕이 튀어나올 정도였다.

'왠지 모르게 불안하더라니…….'

사실 전혀 예상하지 못한 것은 아니었다.

'확률을 낮게 잡았을 뿐이지.'

거의 일어나지 않은 일 정도로 분류했었다는 거다. 공화국의 극단적인 선택은 자충수가 될 수 있었기 때문.

어디까지나 명분은 우리 측에 있었다. 국제관계가 중요하지 않은 듯 중요한 대륙의 현 상황에서 악마 소환사 진청을 두둔한다는 것 자체가 무리수다.

물론 모든 나라가 교국이나 라이오스, 또는 몇몇 이종족처럼 악마에 민감한 것은 아니다. 하지만.

'그래도 무리수지.'

신을 등진다는 건 적어도 대륙에서는 상상도 할 수 없는 이야기다. 물론 백번 양보해 공화국의 악마 무리가 그런 방향으로 자신들의 노선을 결정했다고 해도 여전히 의문점은 존재한다. 전쟁이란 건 그렇게 쉽게 결정할 수 있는 사안이 아니다. 고작 한 달도 안 되는 시간 동안 준비한다고 해서 되는 게 아니라는 거다.

적어도 내가 공화국의 지도자였다면 조금 더 길게 보고 움직였으리라. 그게 맞다. 물론 공화국이 예전부터 이번 전쟁의 시나리오를 짜고 있었다고 한다면 이야기가 달라지지만.

'아니지. 그래도 무리수인 건 마찬가지야.'

생각해 보면 교국 8좌의 천관위와 위란이 공화국의 움직임이 심상치 않다고 이야기한 적은 있었다. 물론 그렇다고는 해도 상황이 여기까지 온 이상 자신들이 가지고 있는 전쟁 시나리오를 들이밀 타이밍은 아니었다. 절대로 녀석들은 먼저 방아쇠를 당길 수 없다. 두 집단의 힘의 크기가 비슷하다고 가정하면 더욱더.

만약, 아주 만약에 놈들이 먼저 방아쇠를 당긴다고 한다면 이유는 두 가지. 아니, 세 가지 정도. 정신이 나갔거나 이길 자신이 있거나 아니면 전쟁이 필요한 상황이거나. 내부의 위협을 외부로 해결해야 한다고 생각하고 있을 수도 있고 별다른 피해 없이 교국을 삼킬 자신이 있는지도 모른다.

물론 꼭 저쪽에서 먼저 터뜨렸다는 보장도 없다. 전쟁이 어떻게 벌어졌는지에 대해서는 아직 정확히 전해 듣지 못한 것이 사실. 하지만 불편한 상황이 왔다는 건 부정할 수 없는 사실이리라.

'왕국연합 쪽도 신경 쓰이고……'

교국이 혁명사상을 전파하는 걸 위험하게 생각하는 몇몇 나라 역시 공화국에 협력했을 가능성 역시 존재한다. 공화국이나 교국이나 왕정을 선택하지 않다는 건 마찬가지지만 피의 혁명으로 이루어진 교국과는 다르게 공화국은 황제에서 총통으로 이름을 바꾸었을 뿐이었으니까. 각국의 지도자들은 여신의 거울로 일궈낸 민중의 승리를 탐탁지 않게 바라보고 있었을 수도 있다.

생각하면 끝이 없다. 계속해서 꼬리를 물고 밀려들어 오는 잡생각 때문에 머리가 아픈 것이 당연. 물론 나만 머리가 아픈 것은 아니다.

'저거…….'

김현성 역시 복잡한 얼굴을 하고 있었다.

'전쟁이 나면 안 되는 건가. 아니면 시기가 빨랐던 건가.'

1회 차의 현시기에 무슨 일이 일어났는지 알 수가 없으니 답답한 것은 당연지사. 심지어 지금 일어나고 있는 전쟁이 유리한 건지 불리한 건지 알 수조차 없다.

단지 예상할 뿐이다. 현재의 김현성이 보여주고 있는 표정은 전쟁을 반기는 얼굴과는 거리가 멀었으니까. 1회 차의 가면 쓰레기 진청을 골로 보낼 수 있는 기회임에도 불구하고 김현성이 저런 모습을 보이는 것을 보면 확실히 마찰을 반기지 않고 있는 것 같았다.

지금 당장 내가 예상할 수 있는 것은 김현성을 회귀하게 된 이유가 적어도 공화국 때문이나 1회 차 가면 쓰레기 때문은 아니라는 것.

현재 녀석이 걱정하고 있는 것은 전력 손실이다. 1회 차에서 있었던 미지의 위협에 대응할 수 있는 병력의 손실. 만약 머지않은 미래에 정말로 커다란 사건이 터진다고 가정한다면 인간들끼리 치고받고 물고 뜯는 것이 반갑지 않은 게 당연하리라. 김현성은 물론이고 베니고어나 엘룬 쓰레기도 입을 열지 않는 상황.

'보안 등급이라도 걸려 있는 거야 뭐야. 아니면 나한테도 말할 수 없는 건가?'

혹여나 가면 쓰레기가 미지의 세력 편에 붙었을 가능성 역시 존재한다고 생각하면 고개를 끄덕일 만도 하다.

이거나 저거나 제대로 알 수 없는 것투성이였으니 머리가 아픈 것이 당연했다. 제대로 된 노선을 정할 수가 없었기 때문이다. 전쟁의 발단에 대해서는 아직 듣지 못했지만 이미 일은 터졌다.

문제는 이 전쟁을 어떻게 해결해야 하냐는 것.

'말리기라도 해야 하는 건가?'

너 죽고 나 죽자는 심정으로 전쟁을 치른다면 이 전쟁의 승패와는 관계없이 전력은 줄어들 수밖에 없다. 만약 교국이 승리한다고 해도 커다란 피해를 떠안게 되리라. 당장 눈앞에 일을 해결한다고 해도 이후에 닥칠 일을 제대로 대비할 수 없게 된다는 거다.

침묵이 내려앉은 장내에 천천히 입을 뗄 수밖에 없었다.

"현성 씨. 이거……."

"네."

"아니, 아무것도 아닙니다. 어떻게 해야 할지 제대로 감이 잡히지 않아서."

"일단은…… 서둘러 왕국으로 돌아가 상황을 살펴야 할 것 같습니다. 현재 상황이 어떻게 돌아가고 있는지에 대해서도 브리핑을 받아야 하니까요. 혹시 에베리아 왕국도 영향 안에 있습니까?"

질문에 대답한 것은 엘프 전령. 알고 있는 것이 그리 많지는 않은지 불안한 목소리로 말을 해오는 것이 눈에 보였다.

"그렇지 않습니다만 현재 병력이 왕국으로 향하고 있다는 소식은 전해 들었습니다. 아마 직접적인 공격보다는 교국과 라이오스로 향하는 지원 병력을 고립시키려는 생각인 것 같습니다."

'맞네.'

세계수의 마력이 유지되고 있는 이상 병력을 무식하게 들이밀 수는 없을 것이다.

원하는 것은 에베리아 왕국의 고립. 병력만이 아니라 보급 역시 차단하려고 함이 틀림없으리라.

"교국의 경우에는 어떻습니까?"

"네, 명예추기경님. 교국은……."

"네."

"현재 다완 쪽의 전선은 이미 무너졌고 캐슬락은 적 병력에 둘러싸여 있는 상황이라고 들었습니다."

'시발. 생각보다 심각한데…….'

이미 다완 전선이 무너졌다는 것만 해도 충격적인 소식이다. 캐슬락까지 함락되면 린델까지는 쭉 밀리게 될 것은 분명한 일. 린델까지 밀리면 수도도 금방이다. 애초에 다완 전선이 무너졌다는 건 라이오스 측의 상황도 그리 운이 좋지 않다는 걸 의미한다.

'아…….'

심지어 상황이 불리하게 흘러가고 있기까지 하다.

"최대한 빠르게 복귀하겠습니다."

"네."

김현성의 말에 동의한 길드원들이 고개를 끄덕인다. 서둘러 발을 옮긴 것은 당연지사. 잠시 풀어졌던 긴장이 다시금 확 들어선 기분이었다.

에베리아의 왕궁에 가까이 들어서자 확실히 몇몇 전황이 보인다. 많은 병력이 대기하고 있는 모습. 몇몇 이의 얼굴에는 두려움이 감돈다. 아직 에베리아 전선 쪽에서는 전투가 일어나지 않았음에도 불구하고 이런 상태라니. 나 역시 곧 저들과 같은 표정을 짓게 될 것이다.

계속해서 왕성이 가까워지자 병사들과 경비병들이 시선을 보낸다. 간단한 절차 후에는 인사를 건네는 모습이 보인다. 엘프 측의 지휘관 몇몇이 엘리오스와 김현성과 심각한 표정으로 이야기를 나누기 시작했다. 다시 한번 분위기가 무거워진 것 같은 기분이다.

그나마 조금 희망적이라고 할 수 있는 것은 익숙하지 않은 이들이 몇몇 보인다는 것.

저 멀리서 걸어오고 있는 한 무리가 시야에 잡히기 시작했다. 똑바로 눈을 뜨고 쳐다봐도 여기에 자리 잡고 있는 이들로는 보이지 않았다. 그야 당연할 것이다. 종족 자체가 달랐으니까.

'드워프?'

확실히 드워프가 맞다.

어떻게 봐도 인간이라고 생각하기 힘든 외관, 짧은 키에 얼굴을 가리는 커다란 수염, 어딘가에서 읽었던 묘사 그대로였다. 제법 높은 위치에 있는 녀석인지 무장 상태도 좋은 느낌.

갑작스레 등장한 녀석에 김현성과 엘리오스도 당황한 듯한 얼굴이었다. 의아해하고 있는 것은 나뿐만이 아니다. 원정대원 전체가 웅성거리는 것이 들려온다.

안에 들어가 있는 동안 일이 이렇게까지 진행됐을 줄은 상상하지 못했다. 너무 순식간에 여러 가지의 일이 생겨 따라가기가 힘들 정도였다.

하지만 고개가 끄덕여지기는 했다. 무슨 일인지는 모르겠지만 최소한 녀석이 여기에 있다는 건 안 좋은 소식은 아니었으니까.

“오랜만입니다, 볼고르 님.”

“엘리오스. 반갑군. 이렇게 보게 될 줄은 상상도 하지 못했는데…… 어떻게 원정은 성과가 있었나?”

“네. 다행히 무사히 끝났습니다만……. 볼고르 님이 이곳에 있다는 것 혹시…….”

“우리도 힘을 보태기로 결정했다네.”

“불행 중 다행이로군요.”

“인간의 연설에 감동할 줄이야 누가 알았겠는가. 하하. 그러고 보니 중요한 손님이 있었군. 만나서 반갑소. 파란 길드마스터. 그리고 교국의 명예추기경. 볼고르라고 불러줬으면 좋겠군.”

“만나서 반갑습니다. 볼고르 님.”

“이야기는 많이 들었네.”

“네?”

“작은 인간 여자에게 들었던 그대로군. 그동안 고생 많았네.”

'이건 또 뭔 소리야.'

"아, 그러고 보니……."

"네. 도착한 지 얼마 되지 않아 정확히 무슨 일이 있었는지……. 사실 어째서 여러분이 저희와 함께해 주시게 된 것인지도 잘 이해가 되지 않습니다."

"5일 전에 왕국으로 인간들이 찾아왔다네. 그리고 국왕 폐하와 많은 대화를 나누었지. 엘프나 그 인간 여자가 폐하의 마음을 바꿀 수 있을 거라고는 생각하지 못했지만 결과적으로는 이야기가 잘 풀렸다네. 나 역시 감명받기도 했고…… 그게 우리가 이곳에 있는 이유지."

'좋네.'

그저 가만히 당하고 있었던 건 아니었던 것 같았다. 삼국동맹 측에서도 뭔가 움직임이 있었던 것. 현재 어느 정도로 성과가 있었는지는 모르겠지만 덩치를 키우는 게 더 유리하다고 생각한 것이리라.

왠지 모르게 이 일을 누가 주도했는지 알 것 같다. 작은 인간 여자라고 한다면 생각나는 이는 한 사람밖에 없다.

'이지혜?'

라이오스에 있을 거라고 생각했지만 아무래도 이곳으로 자리를 옮긴 모양이다.

드워프와 대화를 나누며 계속해서 고개를 돌리자 확실히

검은 백조의 길드 문양을 박고 있는 이들의 모습이 시야에 비치기 시작했다. 아마 지금쯤 내가 있는 곳으로 오고 있을지도 모른다.

조금 더 자세한 내막을 알아야겠다고 생각이 들었기에 김현성과 엘리오스, 드워프 볼고르에게 입을 열 수밖에 없었다. 어차피 정황을 듣는 거야 해야 할 일이지만 기왕이면 조금 더 자세하게 듣고 싶다.

"현성 씨."

"네."

"잠깐 따로 알아봐야 할 일이 있을 것 같습니다. 먼저 가서 말씀을 듣고 계시면 이후 찾아갈 수 있도록 하겠습니다."

잠깐 의아하다는 표정이었지만 김현성은 잠깐 고개를 끄덕이며 말을 이어왔다. 회의실에 모두가 들어갈 필요가 없다고 생각한 것이리라.

"네. 알겠습니다, 기영 씨. 다른 분들께서도 숙소로 돌아가 재정비하는 게 좋을 것 같습니다. 아영 씨는 장비 수리와 개인 보급품 확충을. 다른 분들은 휴식이 필요하시다면 편하게 계셔도 좋습니다. 이후 노선이나 현 상황에 대해서는 다시 한번 시간을 내 설명해 드리도록 하겠습니다. 부탁드립니다. 덕구 씨, 희영 씨, 혜진 씨는 저와 함께 갑니다."

"네. 길드마스터."

“거, 알겠소. 이쪽은 걱정 말고 잘 다녀오쇼.”

“그럼 잠시 후에 뵙겠습니다.”

“네.”

“하얀아.”

“네. 오빠.”

“잠깐 먼저 들어가서 눈이라도 붙이고 있어. 아직 몸이 전부 회복되지 않았다는 거 알고 있으니까. 바로 찾아갈게.”

대답은 듣지 않았다. 뭔가 떨떠름해 보이기는 했지만 정하얀도 슬쩍 고개를 끄덕였다. 마력도 크게 소비했고 기본적으로 몸이 약한 만큼 체력적 한계를 맞았으리라. 언제 전투가 벌어질지 모르는 상황이라고 한다면 현재로서는 몸을 회복시키는 게 최우선 사항이다.

이윽고 김현성은 엘레나와 엘리오스를 비롯한 이들과 함께 걸음을 옮겼고 길드원들 역시 본인에게 주어진 일을 하기 위해 뿔뿔이 흩어지기 시작했다.

정하얀을 제외한 이들의 얼굴에는 약간의 긴장감이 감돈다. 전쟁이라는 이름의 무게를 알고 있기 때문에 보일 수 있는 표정.

인간과 몬스터는 다르다. 그동안 인간들과의 전투가 없었던 것은 아니었지만 현 상황에서는 그 누구라도 불안한 기색을 내비칠 수밖에 없을 것이다.

무리에서 혼자 떨어진 이후에야 한 명의 검은 백조 길드원이 천천히 이쪽을 향해 다가오기 시작.

“명예추기경님, 잠깐…….”

“네. 안내해 주셔도 됩니다.”

어디로 가는지는 뻔할 뻔 자.

‘얘는 왜 여기에 있는 거야?’

이지혜가 있는 곳이다.

“마중 못 나가서 미안해요. 할 일이 워낙 많아서요. 생각보다 일찍 돌아온다는 소식을 들어서 보고서 작성이 늦어졌거든요. 사실 하루에 일어난 일을 다 정리하기도 바빠요. 뭐 무사할 거라고 생각은 했었는데 생각보다 더 쌩쌩한데요?”

“칭찬이지?”

“물론이죠.”

검은 백조 길드원의 안내에 문을 열고 들어서자 이지혜가 곧바로 자리를 일으키며 모습을 드러냈다. 조금 오랜만에 본 것 같은 기분에 반가움이 생기기는 했지만 굳이 티를 내지는 않았다.

겉모습은 그대로. 작은 키와 나이에 맞지 않게 어려 보이는 외관도 여전하다. 최근에 잠을 잘못 잔 모양인지 조금 퀭해 보이기는 했지만 그래도 정신을 부여잡고 있는 것을 보니 최악 중의 최악은 면한 것 같았다.

“일단 앉아 계세요. 차 한 잔 타드릴 테니까. 그나저나 정말 놀라셨겠네요.”

“당연하지. 혹시나 하는 생각은 있었지만 이게 정말로 이렇게 터질 줄은 상상도 못 했거든. 도대체 이게……. 아니, 그전에 누나는 왜 여기 있는 거야?”

“여기가 제일 안전한 것 같으니까 여기 있는 거 아니겠어요?”

“…….”

“…….”

‘얘는 진짜 쓰레기네.’

너무나도 당당한 표정에 순간적으로 말문이 막혀 버렸다. 본래 이지혜가 쓰레기 같다곤 생각했지만 내가 생각보다 행동이 더 재빨랐기 때문이다.

다완 쪽이나 캐슬락, 혹은 라이오스에 있는 것보다는 여기에 있는 게 안전한 것이 당연하다. 기본적으로 세계수라는 방어체계가 깔려 있고 최소한 직접적인 위협은 없으니 가장 안전한 곳을 꼽으라면 여기가 맞다.

내가 놀란 것은 그녀가 지나치게 당당했다는 것. 한 치의 부끄러움도 없는 얼굴은 빛기영의 시선으로 봐도 대단하게 느껴질 정도였다.

"뭐예요, 그 표정은. 실례라고요. 이런 곳에서 평범한 사람으로 살아가기 얼마나 힘든지 알고 있잖아요. 다른 사람들한테는 경상으로 느껴질 수 있는 물리적 충격도 저한테는 최소 치명상이니까. 이 정도는 이해해 줘야 한다고요. 솔직히 오빠였어도 헐레벌떡 이쪽으로 뛰어왔을걸요."

'부정할 수 없지만…….'

"지금 속으로는 동의한 거 맞죠?"

순간적으로 뜨끔하기는 했지만 최대한 무표정을 유지했다. 이때다 싶어 입을 열어오는 이지혜의 얼굴이 다시금 시야에 비쳤다.

"뭐, 사실 정말로 그 이유 때문만은 아니에요. 적어도 할 일은 있었으니까. 오는 길에 드워프들 봤으면 어째서 제가 여기 있는지 대충 아시겠네요."

"아. 맞네. 걔네들은 어떻게 구워삶은 거야?"

"눈물로 호소했어요."

"……."

"라이오스 사건 때 돌아다니던 영상이랑 그동안 오빠가 힘들어했던 것들 편집해서 보여주면서 눈물로 호소한 게 유효했죠. 드워프는 단순하거든요. 정도 많고. 물론 정말로 이유가 그것밖에 없었던 건 아니었겠지만 아마 본인들이 얻을 이득이나 이권 같은 것보다는 눈물의 호소가 먹혀들었을 걸요. 어때요. 이것도 꽤나 명연설이었는데 한번 볼래요?"

"아니……. 괜찮아."

"아, 그리고 한 가지 더. 여기 있어야 오빠랑 빨리 만나지 않겠어요? 딱딱한 상황실에서 전달받는 것보다는 이렇게 듣는 게 편하잖아요. 으음. 어디에서부터 말씀드려야 할지 감이 안 오는데…… 어디서부터 듣는 게 편해요?"

"그야 물론 처음부터."

내 말이 끝난 직후 이지혜가 책상을 손가락으로 톡톡 두드리는 것이 시야에 비쳤다. 뭔가 생각할 게 있을 때 보이는 제스처. 괜스레 내 모습이 오버랩되기는 했지만 일단은 조용히 그녀를 응시했다.

그녀가 입을 연 것은 약 3분 정도가 지난 이후. 계속해서 책상을 두드리는 소리가 왠지 모르게 기분 좋게 들려온다. 하지만 이지혜의 입에서 흘러나온 소리는 반갑지만은 않았다.

"처음은 다완이었어요. 사실 이 부분은 조금 의견이 분분하기는 한데, 교국이 먼저냐 공화국이 먼저냐가 중요 쟁점이겠죠. 당연히 저희 입장에서는 저들이 먼저 들어온 게 맞고요. 걔들 입장에서는 이쪽이 먼저 시비를 걸었다고 주장 중이죠. 아무튼 간에 거기서 일어났던 작은 마찰이 조금 커졌고…… 그게 빵 하고 터진 게 전부예요."

"딱히 선전포고는 없었던 건가?"

"그 이후에 있었어요. 다완 전선에서 죽은 이들을 걸고넘어졌지만, 사상자가 있었던 건 저희 쪽도 마찬가지였었거든요. 어떻게 봐도 먼저 시비를 걸어온 거나 다름없죠. 그것도 다분히 의도적으로요. 다른 조건이나 배상에 대한 이야기도 없었어요. 그날 밤에 곧바로 병력으로 밀고 들어왔거든요. 저쪽에서도 계속해서 준비하고 있었다고 봐야죠? 물론 기습에는 대비할 수 있기는 했지만 결과적으로 수일 만에 다완 전선을 뒤로 물릴 수밖에 없었어요. 그 이후에는 바로 위에 있는 캐슬락 쪽에도 영향을 미쳤고……."

"……."

"캐슬락이 현재 고립되어 있다는 건 알고 계시죠?"

"대충은. 하지만 이렇게까지 상황이 안 좋아질 수도 있나?"

"마도 왕국을 비롯한 몇몇 왕국이 반대쪽에서도 밀고 들어왔거든요. 그사이에 캐슬락은 고립됐고 지금까지 오게 된 거예요. 저희 쪽에서도 캐슬락은 버릴 수 없는 전략적 요충지니까. 지원이 올 거라는 걸 알고 있는 공화국 연합 측에서는 엘프 왕국을 압박하기로 결정한 거고……."

"그래서 누나가 드워프들을 설득시키기 위한 특사로 파견된 거구나."

"네. 비슷해요. 캐슬락 쪽에서도 버틸 수 있을 만큼 버텨주고는 있지만 유통기한이 얼마 남지 않았다는 건 그 누구라도 알고 있을 걸요. 교국과 라이오스 측에서도 최대한 부담을 줄여주기 위해 여러 가지를 시도하고 있기는 하지만 그래도 캐슬락 쪽이 위험하다는 건 부정할 수 없어요. 그렇게 생각하면 오빠 일행이 딱 맞게 도착한 셈이네요. 안 그래도 밀어내야겠다고 생각하고 있었던 시점이었거든요."

"……."

"저희 목적은 캐슬락에 지원 병력을 보내는 거예요. 적어도 10일 안에. 만약 실패한다면 상황이 더 안 좋아질 거예요. 캐슬락을 잃으면 린델까지는 또 금방이고."

"린델까지 닿으면 수도까지는 또 금방."

"그렇죠. 또 궁금한 거 있어요?"

"왕국연합 쪽은 전부 돌아선 건지가 궁금한데."

"아니요. 마도왕국을 비롯한 주축 왕국 몇 개. 물론 정확하지는 않아요. 추측하기로는 그쪽도 반으로 갈라진 것으로 예상하고 있지만 지금 상황에서 믿을 수 있는 게 많나요. 그냥 그러려니 하는 거지."

"사실이라면 불행 중 다행이라고 봐도 되는 거겠네?"

"물론이죠. 사실 왕국연합 쪽이 참전한 이유가 궁금하기는 한데…… 교국 측에서는 혁명사상의 전파를 경계하는 거로 판단하고 있어요. 바로 옆 나라에서 그런 게 터졌는데 내부적으로 문제가 없었을 리가 없으니까. 안 그래도 근질근질했을 거예요. 마침 공화국이 터져주니 이때다 싶어서 달려든 느낌도 있고."

"나도 그렇게 보여, 누나. 그 외에 다른 이유가 맞물려 있겠지만 아무래도 이해관계가 얽혀 있었다고 봐야지. 악마 소환사 쓰레기 진청을 계속해서 품고 있을 만하네. 어차피 전쟁을 일으킬 거라고 생각했다면 굳이 큰 손해를 보면서 쳐낼 이유가 없지. 공화국이 흑마법사에 민감한 것도 아니고……."

"뭐, 그렇죠? 아무튼 간에 이건 보고서예요. 방금처럼 약식으로 설명한 게 아니라 조금 더 자세히 쓰여 있을 거예요. 확신할 수는 없지만 웬만한 정보는 다 들어가 있겠네요. 그거 한 번……."

"아, 누나 궁금한 거 하나 더."

"물어보세요."

"캐슬락에 누가 있지?"

"카스가노 유노."

"그리고?"

"캐슬락 백작, 아니, 지금은 의원이죠. 저희 길드마스터도 캐슬락에 있어요. 같은 교국 8좌의 천관위도 캐슬락에 있고. 당장 무너질 상황은 아니에요. 스쿼드가 그리 나쁘지는 않으니까. 최소한 버틸 수 있는 사람들이 있다고 봐야죠."

'나쁘지는 않네.'

무녀 카스가노 유노, 안개 소환사 천관위, 개개인의 무력이 압도적이라고 말하기에는 힘든 이들이었지만 이들 역시 교국 8좌에 랭크되어 있는 이들이다.

특히나 수성전에 특화되어 있다고 말할 수 있는 스쿼드. 캐슬락이 어떻게 그런 상황에서도 버티고 있는지에 대한 의문이 풀렸다.

혼자 고개를 끄덕이며 이지혜가 전해준 보고서를 정독하기 시작했다. 자세한 경과를 읽어보니 조금 더 당황스러워진다.

'전쟁을 하고 싶었다고 봐야 하네.'

다완 전선에서의 마찰은 애초에 계획된 것이나 다름없었다. 어떻게든 명분을 쥐어 짜내기 위해서 꼬투리를 잡은 듯한 느낌.

아마 이 시점에서는 이미 마도왕국과 이야기가 되어 있었을 거라고 생각했다. 자신들이 가지고 있는 패가 더 좋다고 생각해 카드를 뒤집은 셈. 일전에 내가 예상한 것이 조금은 들어맞았다.

물론 전쟁의 발단이나 배경에 대해 때려 맞췄다고 해서 기뻐할 수 있을 리 만무하다. 현재 더 중요한 것은 발단보다는 정황이다.

때마침 눈에 보이는 것은 거대한 지도. 병력의 상황까지 기재되어 있는 미니맵 느낌의 지도였다.

"누나, 이건……."

"아. 이것도 보여드려야겠네요. 이게 가장 최신으로 업데이트된 지도예요. 병력의 상황도 가장 최신이고요."

"그렇게 최악이라고는 볼 수 없네."

"그나마 솟아날 구멍은 있다고 봐야겠죠."

그 말대로, 상상했던 것만큼 막장인 상황은 아니다. 크게 보면 다완 전선이 밀리고 캐슬락이 고립된 것은 맞지만 소소하게 이득을 챙기고 있는 것이 눈에 보인다. 두 개의 전선을 제외하면 동부 전선도 나쁘지 않았고 심지어 서부 전선은 밀고 있는 형국.

적들의 보급로를 끊을 수 있는 길이 보이지 않는다는 게 불편하게 느껴지기는 하지만 처음 들었던 상황에 비해 나쁘지 않다는 생각이 든다.

'그래. 교국이 그렇게 무능하지는 않지.'

핵심은 에베리아 왕국의 병력과 보급을 캐슬락 쪽으로 가지고 갈 수 있느냐, 없느냐. 이 보급로가 자리 잡는다면 앞으로의 상황을 이끌어가는 게 커다란 도움이 된다.

이종족 연합의 병력을 합류시키는 것이 가장 중요하다는 것은 어린애가 봐도 알 수 있을 만큼 직관적이었다. 어떻게 봐도 뚫어내느냐 마느냐의 싸움이라는 거다.

'이건 조금 익숙한데…….'

지난번에 했던 전략 시뮬레이션의 수법과 비슷하다. 여기저기서 천천히 조여오며 아득바득 이득을 챙기려고 하는 수법. 그리고 손발을 잘라내려고 하는 것까지. 아주 판박이나 다름없다.

가면 쓰레기, 악마 소환사 진청. 이건 녀석의 작품이 맞다.

조금 의아했던 것은 라이오스 안에 들어가 있는 병력이 현저히 적었다는 것. 적군 아군 가릴 것 없이 최소한의 병력만 배치하고 있는 건 확실히 당황스럽다.

곧바로 입을 열어 물어볼 수밖에 없었다. 내 상식으로는 어떻게 생각해도 현재의 라이오스 전선의 상태가 이해가 가지 않았기 때문이다.

"라이오스는 왜 이래?"

"아. 깜빡 말씀을 안 드렸네요. 여기는 잠깐 정전 상태예요. 용병여왕님이 있거든요."

"근데 그거랑 이게 무슨 상관……."

"아군 적군 가릴 것 없이 공격하니 별수 있나요."

'정신줄 놨구나.'

"그쪽 국민들 대피시킬 때 용병여왕님이 정신을 놔서 현재는 그 상태예요. 들어가자니 병력 손해가 있을 것 같아서 두 집단 모두 몸을 사리고 있는 상태인 거죠. 현 상황에서 네임드 몇 빼서 그쪽으로 들어간다는 것 자체가 극심한 부담이거든요."

'분명히 시간제한이 있을 텐데.'

차희라가 가지고 있는 특성 피에 미친 광녀는 분명히 한 시간의 시간제한을 달고 있었다. 아직까지 라이오스에 그녀가 있다는 건 마음의 눈으로는 본 그녀의 상태창으로는 설명이 되지 않는다.

"라이오스가, 아니, 희라 누나가 그 상태가 된 지는 얼마나 지났지?"

"8일이에요."

'이건 뭔가 잘못된 것 같은데…….'

104장
PTSD

'8일……'

꽤 긴 시간이다. 그 8일 동안 라이오스가 완전히 배제되어 있었다고 생각하니 당황스러울 지경.

물론 최소한의 병력을 남겨두고는 있겠지만 사실상 라이오스는 전장에서 버려진 것이나 다름없다. 얼마나 미쳐 날뛰길래 일이 이 지경이 된 건지는 모르겠지만.

'이해는 돼.'

캐슬락 사태 당시 차희라의 근력이 117까지 올라갔다는 걸 생각해 보면 피해야 하는 게 당연하다. 만약 내가 공화국에 입장이었어도 딱히 조치를 하기 힘들었을 거라는 거다. 안전하게 제압하기 위해서는 적어도 교국 8좌나 오호대장군 정도의 네임드들을 보내야 대처 가능. 그것도 단신이 아니라 세트로 묶어서 보내야 한다.

'그게 쉬운 일이 아니지.'

현재 팽팽하게 전선이 유지되고 있는 현 상황에서 네임드들을 따로 빼기란 불가능에 가깝다. 심지어 캐슬락 탈환과 에베리아 고립 작전을 동시에 수행하고 있는 도중이라면 라이오스에 비중을 두는 멍청한 짓은 하지 않을 것이다.

"교국 측에서도 뭔가 하고 있는 게 있나?"

"일단은 기다리는 것밖에는……. 사실 라이오스의 외곽 쪽에는 붉은 용병이 전선을 담당하고 있어요. 아마 일이 끝나면 자기들 여왕님을 회수하려는 거겠죠. 우리가 들어오기 전에도 비슷한 일이 있기는 있었나 봐요. 그때는 이십 며칠간 저 상태라고 들었는데……."

"그때는 상황이 어땠는데?"

"저도 자세히는 몰라요. 알고 있는 사람도 없고 그냥 쓰러져 있었던 여왕님을 데려온 게 전부더라고요."

'그럴 수가 있는 건가?' 하는 생각이 잠깐 들어와 꽂히기는 했지만 충분히 고개를 끄덕여 볼 만하다고 생각했다.

'생존자가 없으면 가능하지.'

"생존자가 없었으니까요. 그러니까 여왕님이 과거에 무슨 일을 벌였는지, 또 지금 라이오스에서는 무슨 일이 벌어지고 있는지 잘 몰라요. 지금까지 살아 있는 걸 보면 여왕님도 잘 지내고 있는 거겠죠. 저도 그쪽에 조금 더 비중을 주고 싶기는 하지만 어쩔 수 있나요. 당장은 캐슬락이 더 급한데. 라이오스 쪽은 오빠가 어떻게든 해주겠죠. 뭐."

'내가 하긴 뭘 해. 이 나쁜 년아.'

빛기영은 자살 희망자가 아니다.

캐슬락 몬스터 웨이브가 있었던 당시에 기억은 나에게도 악몽이나 다름이 없다. 하물며 그때의 차희라는 정상적으로 미쳐 있는 상태였다.

완전히 정신 나간 지금은 발견되자마자 신체가 찢기게 되리라. 어쩌면 골반이 두부마냥 흐물흐물 부서져 다져지게 될지도 모른다. 상상하는 것만으로도 등 뒤로 소름이 돋을 지경. 괜스레 고개를 흔들었을 때 이지혜가 다시금 입을 열어왔다.

"일단 자리를 옮겨서 이야기할까요?"

"그러는 게 좋겠네. 슬슬 전선 쪽도 보고 싶었는데."

"안 그래도 보여드리려고 했어요. 그것 때문에 나가자고 한 거고요."

천천히 문을 열자 대기하고 있던 검은 백조 길드원들이 시야에 비쳤다. 이지혜가 따로 부리는 호위단. 하나같이 수준이 나쁘지 않은 것을 보니 검은 백조의 길드마스터 박연주가 이지혜를 얼마나 신경 쓰고 있는지 알 것 같았다. 물론 이지혜

본인이 자신의 안전을 가장 중요하게 생각하는 것은 덤.

발걸음을 옮기자 아까 봤었던 주변 상황이 눈에 들어왔다. 여전히 불안해 보이는 병사들. 며칠 안으로 전투가 시작된다는 것을 알고 있는 것이 틀림없으리라. 죽고 싶은 사람은 아무도 없다. 그리고 좋든 싫든 전쟁은 사상자를 만들어낸다.

길게 잡아야 앞으로 10일. 10일 안에는 저 앞에 전선을 구축하고 있는 이들과 몸을 부딪치게 될 것이다.

목책으로 올라갈수록 녀석들의 진영이 눈에 잘 들어왔지만 솔직히 기쁘지는 않았다. 작심하고 에베리아 쪽을 틀어막겠다고 결심한 것 같았기 때문이다. 수성전에 유리한 이점을 가지고 있음에도 불구하고 녀석들 쪽으로 먼저 들어갈 수밖에 없는 상황. 심지어 이쪽은 공성전을 하게 생겼다.

조금 멀리 떨어진 곳에 보이는 것 흙과 목책으로 쌓아 올린 거대한 벽. 단기간 내에 쌓아 올릴 수 없는 작품이었지만 마법이 있다면 간이 성벽을 세우는 것은 일도 아니다.

물론 캐슬락 성벽 따위와는 비교도 할 수 없게 조잡하지만 그래도 저런 종류의 벽이 있다는 건 상대하는 입장에서는 커다란 압박으로 다가온다.

"상대 지휘관은 누구지?"

아마도 마법사.

"아직 확인 안 됐어요. 뭐, 그래도 오호대장군 중 한 명은 붙어 있겠죠? 눈앞에 보이는 거로만 판단해 보면 전위보다는 후위일 테고. 혹은 마도왕국의 네임드일 수도 있겠네요. 보시는 것처럼 저희 앞의 상황은 그리 좋지만은 않아요. 병력도 열세인데 공성전까지 해야 되는 상황이니까. 열세에 있었지만 오빠가 합류했으니 조금은 나아지겠네요. 현성이 오빠도 있으니까. 아, 생각해 보니 하얀 씨도 있네요."

"하얀이는 여기에서는 못 써먹어."

"왜요?"

"조금 더 길게 봐야지. 최대한 빠르게 몸을 회복하라고 지시했지만 지금 상태로는 마법 몇 번 사용하는 거로 리타이어야. 그마저도 범위가 큰 마법은 최대한 지양해야 하고. 그리고 우리 길드마스터는……."

'최대한 숨기고 싶은데…….'

현재 가장 정보가 안 풀린 이가 있다고 한다면 당연히 사랑스러운 회귀자. 그래도 명예추기경이라는 타이틀을 달고 있는 나와는 다르게 김현성은 정보가 아예 없다시피 하다.

장담컨대 공화국에서는 김현성을 그리 높게 평가하고 있지는 않으리라. 대륙에 들어온 지 5년도 안 된 애송이. 내가 사기꾼이라는 걸 알고 있는 가면 쓰레기 진청은 어쩌면 김현성 역시 비슷한 놈이라 생각할지도 모른다.

녀석이 우리 회귀자에 대해 어떻게 생각하고 있든 중요한 것은 적들이 가지고 있는 정보가 현저히 적다는 것. 상황이 급한 것은 인지하고 있지만 첫 패부터 가장 강한 패를 들이미는 것은 수 싸움에서는 지양해야 될 일이다.

기왕이면 짧게 끝내고 싶은 전쟁이지만 언제든지 길어질 가능성이 존재한다.

'가지고 있는 무기를 초장부터 들이대는 멍청한 놈이 어디 있겠어.'

물론 어딘가에는 있겠지만 최소한 내가 즐겨 쓰는 방법은 아니다.

"아껴두려고요?"

"그게 가능하다면."

"단순히 밀어낸다고 능사가 아니라는 건 알고 계시죠? 피해 없이 제대로 밀어내는 게 중요해요. 전투 이후에 캐슬락까지 갈 수 있는 병력이 없다면 싸운 것 자체가 말짱 도루묵이 되는 거니까. 심지어 저쪽은 버티기만 해도 된다고요."

"그것도 이해하고 있어."

저들의 역할은 수성을 하는 것이 아니라 이쪽의 발을 잡아두는 것이다. 눈앞에 보이는 흙과 나무의 성벽은 어디까지나 그걸 위한 수단에 불과하다. 저들에게 있어서 간이 성벽은 버려도 전혀 문제가 안 되는 종류의 물건이다.

'그래도 어쩌겠어.'

뭐가 됐든 병력을 들이밀어야 하는 상황. 괜스레 허벅지를 손가락으로 툭툭 치게 된다. 그렇게 무너지지 않은 성벽을 슬쩍 쳐다봤던 바로 그때였다.

"여기 계셨군요."

때마침 김현성의 목소리가 들려온 것. 고개를 돌리자 녀석뿐만이 아닌 지휘부의 얼굴들이 눈에 보였다. 모두가 함께 시찰이라도 나온 모양. 엘리오스와 드워프 볼고르 그리고 아직 이름을 외우지 못한 이들까지 전장에서 움직여줄 소중한 일꾼들이다.

"어머, 볼고르 님."

"아! 작은 인간 여자로군."

"잠깐 이곳저곳 둘러보고 있었어요. 여기 계시는 명예추기경님께 상황도 조금 설명드릴 겸해서요."

"그렇구만. 어떻게, 그동안 잘 지냈나?"

"네. 덕분에요. 볼고르 님도 여전히 듬직하시네요."

곧바로 접대용 미소를 장착하는 이지혜의 모습은 내가 봐도 놀라울 지경이다. 하지만 그녀나 나나 별반 다르지 않다. 나에게 질문해 오는 김현성의 목소리에 이쪽 역시 절로 사람 좋은 미소가 지어진다. 뭔가 자괴감이 느껴지기는 했지만 어떻게 할 수 있을 리가 없다.

"전해 들으신 겁니까?"

"네. 조금 상황이 복잡해진 것 같더군요. 대략적인 구도 역시 파악할 수 있었습니다. 지혜 씨가 설명을 제법 자세하게 해주셔서."

"기영 씨는 어떻게 생각하십니까?"

'뭘 어떻게 생각해, 이 새끼야.'

"글쎄요."

내가 녀석에게 묻고 싶은 대사다. 하지만 해야 할 일은 같다. 현재로서는 무조건 길을 뚫어놓는 게 가장 중요하다.

"지휘부에서는 앞으로 5일 후를 시기로 잡고 있다고 들었습니다. 더 늦어진다면 캐슬락이 위험해질 수도 있다는 게……."

'빠르면 빠를수록 좋지만.'

녀석이 나에게 허락을 요구하는 것 같은 표정을 하고 있다는 게 제법 재미있다.

사실 이쪽 역시 병법에 강하지는 않다. 수박 겉핥기식으로 배운 것이 전부. 너무 사기를 치다 보니 이쪽으로도 제법 지식이 있다고 생각하는 것 같았다.

물론 중요한 것은 녀석이 내 의사를 물어왔다는 것이 아니다. 현재의 김현성이 보여주고 있는 모습이 내게는 더 중요하게 느껴진다.

무척 초조해 보인다.

'당연한 건가.'

그동안 웅크리고 있었던 1회 차의 악마. 가면 쓰레기 진청이 드디어 본성을 드러내 악마의 손아귀를 빛의 진영 쪽에 내밀었다. 여러모로 당한 것이 많은 것으로 추정되는 김현성으로서는 갑작스레 초조해지는 것도 무리가 아니리라.

'뒤통수를 얼마나 맞은 거야.'

재미있게도 녀석이 나를 의지하고 있다는 느낌이 든다.

빛기영이 악마의 손아귀에 오염당하지만 않았더라면 어떤 식으로든 문제를 해결했어야 하는 타이밍. 시간을 많이 지체했고 그만큼 가면 쓰레기에게 시간을 줬다고 생각하고 있는 것 같았다.

아무렇지도 않은 척하고 있는 것 같지만 얼굴 자체가 불안으로 물들어 있는 상황. 항상 김현성의 얼굴을 예의주시하고 있는 내 눈은 속일 수 없다.

"물론 최대한 빠르게 길을 뚫어내는 것은 저 역시 인지하고 있지만 혹시나 무언가 함정이 있는 것은 아닌지……. 조금 더 신중히 접근하는 게 좋을 것 같다는 게 개인적인 의견입니다."

"네? 함정 말입니까?"

'딱히 함정처럼 보일 만한 건 없는데……. 뭐, 그런 게 있었나?'

눈을 씻고 찾아봐도 함정처럼 보이는 것은 없다. 이건 간계나 술수 같은 것이 아니다. 오히려 무척이나 담백하고 심플한 문제다. 압박을 떨쳐내고 당도할 수 있느냐 없느냐의 싸움. 여기에 무슨 함정을 첨가할 수 있을 리가 없다. 곰곰이 떠올려봐도 어떻게 생각나는 것이 없을 정도.

아무리 1회 차의 가면 쓰레기라도 하더라도 지금 이 상황에서는 여러 가지를 준비할 수 없었으리라. 시간도 부족했고 아직은 움직일 수 있는 범위가 제한적이다.

할 수 있는 것은 기껏해야 세작을 이용한 작업이나 집단과 집단 사이의 마찰을 유도하는 것. 물론 진청의 스타일과는 거리가 멀다.

다시 한번 미니맵을 쳐다봐도 딱히 뭐가 문제인지 알 수 없는 타이밍. 하지만 김현성의 얼굴에는 왠지 모를 불안함이 물들어 있었다.

“분명히 뭔가가 있을지도 모릅니다. 분명히요.”

“아아. 네…….”

“적어도 조금 더 시간을 두고 자세히 알아보는 게 좋을 것 같습니다. 물론 개인적인 의견입니다만…….”

‘아니, 자세히 알아볼 필요가 없는 것 같은데…….’

“기영 씨도 조금만 더 알아봐 주셨으면 좋을 것 같습니다.”

“네. 알겠습니다.”

굉장히 조심스럽게 꺼낸 김현성의 부탁에 일단은 대답할 수밖에 없었다. 돌다리도 두드려보고 건너야 한다. 하지만 지금 김현성이 보여주고 있는 행동은 건너려고 한 돌다리의 성분을 분석하는 거나 다름이 없다고 생각했다. 여전히 뭔가 있을 거라고 확신하고 있는 얼굴. 자신 있게 착각이라고 이야기해 주고 싶었다는 건 굳이 설명할 필요도 없으리라.

'이 새끼 무슨 PTSD라도 걸린 건가.'

딱 그 짝이나 다름없다고 생각했다.

"뭔가 부자연스러운 점이나 이상한 정황이 보이지는 않습니까?"

"아뇨. 그렇지는 않습니다."

'그만 좀 해라.'

"안심하셔도 될 겁니다, 현성 씨. 걱정하시는 부분에 대해서는 지휘부가 최대한 신경 쓰고 있으니까요."

"그렇지만."

"이해는 되지만 너무 걱정하시는 것도 안 좋습니다."

"네, 잘 알겠습니다. 그런데 혹시……."

"네."

"혹시 디텍팅 마법은……."

"이미 그쪽은 확인을 끝냈습니다만…… 다시 한번 정밀히 조사할 수 있도록 지시하겠습니다."

'전혀 못 알아들었잖아. 슈바.'

걱정하는 건 이해가 가지만 조금 피곤하게 느껴질 정도였다.

사실상 진입을 얼마 남기지 않고 있는 시점. 갑작스럽게 이

작전에 합류하게 된 만큼 다른 부분을 신경 쓰기도 충분히 힘에 부친다. 기본적인 것들을 체크하기에도 바쁜 시간. 매일 같이 찾아와 쓸데없는 소리를 하는 김현성의 모습은 정말로 PTSD라고 겪은 듯한 모양새였다.

'이 새끼…….'

지금 보여주는 표정 역시 대놓고 불안하다는 얼굴. 도대체 뭐가 그렇게 불안한지 모르겠지만 시간이 흐르면 흐를수록 점점 더 표정이 안 좋아지고 있었다.

어제의 표정이 다르고 오늘의 표정이 다르다. 심지어 나조차도 영향을 받아 이대로 들어가면 안 되는 거 아닌가 하는 생각을 해볼 정도로.

물론 그렇다고 해서 일정을 늦추거나 다른 방향을 생각해보지는 않았다. 전력상에서도 충분히 우위에 있다고 판단해도 될 상황이었고 뚫어내지 않는다면 불리해진다는 것 정도는 알고 있었으니까.

김현성의 마음은 이해할 수 있었지만 어떻게 생각해도 시간을 늦출 수는 없는 타이밍이었다. 이곳에서 허송세월한다는 건 중요한 전략적 요충지인 캐슬락을 버린다는 말이나 진배없었으니까.

살짝 고개를 돌려 사랑스러운 회귀자를 힐끔 쳐다본 것은 당연지사. 겁을 집어먹은 것은 아니지만 현재의 상황을 누구보다도 더 걱정하는 것 같은 얼굴이다. 김현성이 현재 무슨 생각을 하고 있는지 들여다보고 싶을 정도였다.

"성벽 자체가 함정일 가능성도 염두에 둬야 합니다. 성벽 자체에 어떤 마법이 있을 수 있고 또 성벽을 지키는 병력에게 폭약 마법이 내장되어 있을 가능성도……."

'저만한 병력을 희생시킨다고?'

"내부의 감시 역시 조금 더 철저해야 한다고 생각합니다. 특히나 드워프에 대한 경계를 조금 더 철저히…… 조금 뜬금없지만 역병에 대한 조사 역시 진행해야 됩니다."

"역병 말입니까?"

'갑자기 무슨 역병 드립이야. 이 자식아.'

"현재 대치 중인 병력이 집단 감염이 됐을 확률도 고려해 봐야 합니다. 가까운 거리에서만 감염되는 종류의 바이러스로……."

'이건 또 무슨 뚱딴지같은 소리야.'

폭약 마법도 폭약 마법이지만 갑자기 튀어나온 집단 감염 드립에는 잠깐 숨을 멈출 수밖에 없었다.

김현성의 말대로라면 현재 우리를 막고 있는 병력 전체가 정체를 알 수 없는 바이러스를 가지고 있는 보균자라는 이야기. 이런 발상은 또 어디에서부터 비롯된 건지 궁금할 수밖에 없었다.

아무리 진청 쓰레기라고 해도 그 정도로 비인도적인 선택을 할 리가 없다.

'그야 가면 쓰레기도 그 정도는 아니지…….'

"조금 지나치게 생각하고 있는 것은 아닌지……."

결국에는 조심스럽게 이런 말이 나올 수밖에 없다는 거다.

다시 한번 천천히 입을 열었다. 괜스레 나도 슬슬 똥줄이 타기 시작한다.

"그렇지 않습니다, 기영 씨."

"저만한 병력을 단순 함정을 위해 희생시킨다는 건…… 공화국에서도 내리기 쉽지 않을 겁니다."

"공화국을 걱정하는 것이 아닙니다."

"네?"

"진청 그자가……."

"……."

"진청 그자를 걱정하고 있는 겁니다. 아직 확실하다고 말할 수 있는 시점은 아니지만 악마 소환사 그자는 피아 구분을 하지 않을 겁니다. 목적을 위해서라면 수단을 가리지 않을 거고 공화국의 병력이라 할지라도, 혹은 민간인의 희생 따위는 신경 쓰지 않을 수도 있습니다. 꼭 기억해 주셔야 합니다."

"무슨……."

"그자가 공화국이나 어떤 집단에 애착을 가지고 있다고 생각하시면 안 됩니다. 단순히 자신의 몸을 지킬 수 있는 장치라고 가정하시고 움직이시는 게 좋을 겁니다. 심지어 그자의 가장 가까운 곳에 있는 이들도요. 병력을 얼마만큼 희생해서 승리를 일구어냈는지에 대해 고려할 만한 인간이 아닙니다."

'이 새끼 너무 하는데…….'

아무리 진청 쓰레기라고 해도 그 정도로 피도 눈물도 없는 인간은 아닐 것이다.

'그래. 아무리 그래도 그 정도로 쓰레기는 아닐 텐데.'

"적어도 인도적인 방법이나 대륙법으로 지정된 전쟁법은 고려할 거라 가정하시면 안 됩니다. 여자나 아이도 마찬가지고요. 오히려 사회적으로 약자라는 인식이 깔려 있는 이들일수록 장기 말로 사용될 확률이 높습니다. 소년병 같은 경우에는 특히 더 주의하라고 전파해 주십시오."

"네. 아, 알겠습니다."

"그 밖에도 외부에서 오는 보급품이나 물건에는 손대지 않도록……."

"네."

"특히 적 병력이 사용한 보급품일수록 더욱더 조심하셔야 합니다. 전투가 끝나는 즉시 사용한 보급품은 즉시 폐기해야 합니다. 지금 제가 하는 말이 미친 소리처럼 들리시겠지만 전투가 끝난 직후를 더 조심해야 합니다."

"알겠습니다, 현성 씨. 가슴 속에 새겨듣겠습니다."

"……."

"……."

"감사합니다, 기영 씨. 아…… 그럼 마저 주무시면……. 죄송합니다. 갑작스럽게 새벽에 찾아와서."

"아뇨. 아닙니다. 어차피 오늘은 일찍부터 일어나 있을 참이라. 그리고 이런 방문은 오히려 반갑습니다."

'그런데 좀 작작 찾아와라.'

오늘만 벌써 세 번째다.

오후에 한 번, 자기 전에 한 번, 그리고 새벽에 한 번.

한 번에 생각해서 좀 말해주면 좋으련만 가만히 있다가도 뒤통수 맞은 기억이 떠오르는 모양.

아마 아침 식사나 점심 식사를 마친 직후에도 다시 한번 찾아와 비슷한 이야기를 나누게 되리라.

김현성이 가면 쓰레기에게 뒤통수를 어떻게 맞았는지 간접 체험해 보는 시간을 가졌다는 점에서는 의의가 있기는 하지만 확실히 왠지 모르게 양심이 콕콕 찔려온다.

물론 가면 쓰레기와 나는 관계가 없는 사람이기는 하지만 그래도 1회 차의 현성이를 보호해 주지 못했다는 죄책감이 솟았기 때문이다.

인질극은 기본 옵션. 온갖 쓰레기 짓을 전부 들어버린 것 같은 기분이다. 그동안 김현성이 해준 이야기가 전부 녀석이 경험한 이야기라고 한다면 이렇게 주의를 기울이는 것 또한 무리가 아니라고 생각했다.

'전 병력이 바이러스 보균자라고?'

그럴 일은 없겠지만, 만약 정말로 지금 그 작전이 실행 중이라 가정한다면 가면 쓰레기는 천하의 개 쌍놈이자 쓰레기가 맞다. 의도적으로 병력을 죽으라고 내보내는 꼴. 더욱 압권인 것은 눈앞에 있는 병력이 자신들이 나라를 위해 싸우다 죽는 거라고 생각하며 싸울 거라는 상황.

'이게 진짜 기만이지. 기만.'

말 그대로 기만이다.

가면 쓰레기 진청이 녀석들에게 심어놓은 사상, 전쟁을 일으킨 대외적은 명분, 자신의 진영이 정의라고 외치는 이유 모두가 개소리고 저들을 희생시키기 위함이다.

보통의 전쟁이라는 게 모두 그런 식이기는 하지만 일부러 보균자를 만들어 전쟁에 투입시킨다는 것은 가면 쓰레기 말고는 생각할 수 없는 발상이다.

물론 눈앞의 적 병력은 보균자가 아니다. 내가 눈치채지 못할 가능성이 존재하지 않는 것은 아니지만, 최소한 눈으로 보이는 정황들이 그렇다.

"그래도 뒈질 거라는 건 변함이 없지만."

'최소한의 도리는 지켜야지. 아암, 그렇고말고.'

아무튼 간에 기쁜 소식은 있다.

일단 사랑스러운 회귀자가 진청 쓰레기가 가면 쓰레기라는 사실을 조금씩 깨닫고 있다는 것. 아직도 긴가민가하고 있는 것 같기는 했지만 보여주는 반응으로는 거의 확정하고 있다고 봐도 무방할 것이다. 그걸 걱정하고 있는 것이 아니라면 이런 식으로 하루에 몇 번씩 찾아와 자신의 불안감을 성토할 리가 없다.

'일단은 안정권 있다고 봐도 되는 거야.'

혹시 몰라 준비해 놓은 게 몇 가지 더 있기는 했지만 이쯤 되면 굳이 작업을 칠 필요도 없다. 사실 작업은 다른 쪽으로 쳐야 하는 건 아닌가 하는 생각이 들 정도.

진청이 간악한 술수를 사용하지 않는다고 가정할 시 회귀자의 시선이 떨어져 나갈 수도 있다. 다른 건 다 되도 그런 상황이 펼쳐지는 것만은 막고 싶다.

새로운 자작극이라도 선보여야 할까 고민했을 때였다.

"음……."

밖에서 인기척이 들려온 것. 이미 김현성이 밖으로 나간 이후에 한참이나 지난 이후였다.

'한 세 시간 지났나?'

혹시나 잠자다가 꿈이라도 꾼 이후에 다시금 경고 아닌 경고를 해주러 온 것이 아닐까 걱정된 것은 당연지사. 곧바로 문을 두드리는 소리가 들려올 거라고 생각했던 것과는 다르게 갑작스레 천천히 문이 열리기 시작했다.

'시발.'

순간적으로 놀라는 게 당연한 반응. 적과 전선을 맞닿은 상황이었고 언제 암살자가 들어와도 이상하지 않으니까. 도대체 어떻게 여기까지 당도할 수 있었는지 몰라도 지금 중요한 건 그게 아니다.

곧바로 몸을 일으킨 것이 당연했다. 벽 쪽에 몸을 붙이고 곧바로 가방에 손을 집어넣는다. 손에 잡힌 것은 용 숨결 물약. 괜스레 등 뒤로는 식은땀이 흘러내렸고 머릿속으로는 온갖 생각이 스쳐 지나가기 시작했다.

머리에서 흐른 땀이 턱을 흘러 떨어져 내린 순간, 살금살금 방으로 들어오는 인형이 시야에 비친다.

"하얀이야?"

"아! 아! 일, 일, 일, 일어나 계셨네요."

눈에 보이는 것은 틀림없이 정하얀. 긴 한숨을 내쉴 수밖에 없었다.

'깜짝 놀랐네. 진짜.'

"무슨 일이야?"

"아, 아까 낮에 잠…… 잠을 너무 많이 자서요. 잠이 안 와서 그냥 그…… 네…… 그……."

무척 당황한 얼굴. 아마도 또 방에 기어들어 오려고 한 것 같았다. 우물쭈물거리는 모습에 기가 차기는 했지만 적당히 머리를 쓰다듬은 이후에는 살짝 웃음을 보낼 수밖에 없었다.

“조금 더 푹 쉬어야지.”

“그, 그, 그렇지만 정말로 잠이 안 와서요.”

“마력은 어느 정도로 회복됐는데?”

“크게 회복됐다고 말하기는 힘들어요. 아무래도 최근에 계속 무리한 것 같아서 아직은 조금…….”

“이번에는 무리하면 안 돼. 최대한 전투에서 빠져 있어야 하는 거 알지?”

“네. 물, 물론이죠.”

“정말로 위험한 상황이 아니라면 개입하지 않는 게 좋을 거야.”

“네…….”

“잠깐 밖으로 나갈까?”

“네!”

함께 산책을 하는 게 기분 좋은지 연신 웃고 있는 모습이 눈에 띄었다.

‘너무 방심했는데, 이거.’

물론 그 와중에도 이쪽은 자기반성을 쏟을 수밖에 없었다.

‘하얀이여서 다행이지.’

물론 외부의 침입은 거의 불가능하다. 에베리아 왕국은 세계수의 도움을 받고 있으니까. 하지만 아예 불가능한 것도 아니다. 단순한 상식으로 이해할 수 없는 세계인만큼 만약 8좌급의 암살자였다면 뚫리지 않을 거라는 보장도 없다.

'호위 좀 달라고 해야겠는데…….'

혼자 움직이는 게 편하지만 최소한 시간을 벌어줄 호위는 필요하다고 느껴졌다. 쓸데없는 생각을 하며 천천히 목책 위로 올라가자 제법 아름다운 풍경이 눈에 들어온다. 물론 오늘도 여전한 성벽 역시 눈에 띄었다.

'며칠 안 남았나.'

목책을 지키고 있는 경비들의 인사에 고개를 끄덕인 것은 당연. 커다란 목소리가 들려온 것은 바로 그때였다.

-항복하십시오.

음성 마법으로 증폭된 목소리.

'선전 활동이네.'

커다란 음성 마법을 틀어 본인들이 일으킨 전쟁을 합리화하는 시간. 항복을 종용하고 함께해 줄 것을 권고하는 시간. 교국의 현 체제와 상태를 비판하고 자신들이 정의라는 것을 어필하는 시간이다.

비유하면 적군에게 보내는 전략 확성기나 다름없다.

'뭐, 저런 것도 중요하긴 하지.'

이쪽은 오늘 처음 들어보는 것이었지만 꽤나 공을 들인 티가 나는 것처럼 느껴진다.

-친애하는 이종족 엘프 여러분. 그리도 일부 드워프 여러분에게 고합니다. 저희 반교국 연합은 여러분의 적이 아닙니다. 여러분은 속고 있습니다. 대륙을 어지럽히는 교국의 간악한 거짓말에 속고 있습니다. 다시 한번 말씀드립니다. 저희 반교국 연합은 여러분의 적이 아닙니다. 현재 일어나고 있는 전쟁에 개입하지 않는다면 즉시 병력을 물릴 것을 약속드리겠습니다.

'쯧.'

말을 내뱉는 꼬라지가 가관이다. 나도 모르게 중얼거리자 정하얀이 나를 바라보는 것이 시야에 비쳤다.

"뭐 선전 활동 한번 해보자고?"

이런 활동이 어떤 이점이 있는지, 상대 지휘부는 파악하지 못하고 있는 것이 틀림없으리라.

to be continued